विकास नियम

विकास नियम

आत्मविकास द्वारा संतुष्टि पाने का राज़

बेस्ट सेलर पुस्तक **'विचार नियम'** के रचनाकार

सरश्री

MANJUL

मंजुल पब्लिशिंग हाउस

MANJUL

मंजुल पब्लिशिंग हाउस

कॉरपोरेट एवं संपादकीय कार्यालय

द्वितीय तल, उषा प्रीत कॉम्प्लेक्स, 42 मालवीय नगर, भोपाल-462003

विक्रय एवं विपणन कार्यालय

7/32, अंसारी रोड, दरियागंज, नई दिल्ली-110002

वेबसाइट : www.manjulindia.com

वितरण केन्द्र

अहमदाबाद, बेंगलुरू, भोपाल, कोलकाता, चेन्नई,
हैदराबाद, मुम्बई, नई दिल्ली, पुणे

विकास नियम (लेखक : सरश्री तेजपारखी)

यह हिन्दी संस्करण 2015 में पहली बार प्रकाशित
द्वितीय आवृत्ति 2018

ISBN 978-81-8322-569-4

मुद्रण व जिल्दसाज़ी : न्यूटेक प्रिंट सर्विसेज़ - इंडिया

यह पुस्तक
उन पर्वतारोहियों को समर्पित है
जिन्होंने माउंट एवरेस्ट को
अपना लक्ष्य बनाया

विकास पथ सूची

फेंक दें या तराशें

प्रस्तावना

अपनी संभावनाओं और विश्व की ज़रूरत को
मनन की शक्ति द्वारा पहले से ही देख पाना
विकास और सफलता का रहस्य है।

एक युवक नदी पार करना चाहता था। अभी गहरा अँधेरा था इसलिए युवक सूरज के उगने का इंतज़ार करने लगा। चट्टान पर बैठते वक़्त उसका पैर किसी चीज़ से टकराया। वहाँ एक थैला था, जिसमें कुछ चमकते हुए पत्थर भरे थे। युवक थैला उठाकर नदी किनारे बैठ गया। इंतज़ार करते-करते उसने थैले में से एक पत्थर निकाला और उसे नदी में फेंक दिया। आवाज़ सुनकर उसे अच्छा लगा। कुछ समय बाद युवक ने दूसरा पत्थर उठाया और ध्वनि का आनंद पाने के लिए उसे भी नदी के पानी में फेंक दिया। फिर से वही आवाज़ आई और उसे बड़ा अच्छा लगा। इस तरह युवक एक के बाद एक पत्थर फेंकता चला गया। जब भोर हुई और सूरज का उजाला हुआ तो उसने थैले में देखा। बस एक आख़िरी पत्थर बचा था - यह बहुत सुंदर, बड़ा और क़ीमती हीरा था।

उसे बड़ा अफ़सोस हुआ कि उसने इतने सारे क़ीमती हीरे पत्थर सम झकर फेंक दिए थे - और वह भी क्षणिक इंद्रिय सुख के लिए।

मानव जीवन के बारे में अजीब बात यह है कि क्षणिक आनंद के प्रलोभन में हम अपने जीवन के अधिकांश पल एक के बाद एक गँवाते चले जाते हैं... कार ख़रीदनी है, मकान बनाना है, एक और कार ख़रीदनी है,

एक और मकान बनाना है, प्लॉट ख़रीदना है... और अंत के क़रीब पहुँचकर हमारी आँखें खुलती हैं कि अब हमारे पास केवल चंद पल ही बचे हैं और जिन चीज़ों को ख़रीदने में हमने अपने जीवन को गँवाया है, उन्हें हम अपने साथ नहीं ले जा सकते। लेकिन तब हमारे हाथ में ज़्यादा कुछ नहीं होता है क्योंकि हमारे पास जो हीरे थे, वे सब हम इंद्रिय सुख की नदी में फेंक चुके होते हैं।

यदि हम युवावस्था में ही सतर्क हो जाएँ तो हम अपने पास मौजूद समय का सार्थक उपयोग कर सकते हैं। क्योंकि तब हम समझ पाते हैं कि जीवन में कौन सी चीज़ें अनमोल हैं। वरना हम अपने हीरे एक-एक करके इंद्रिय सुख की ख़ातिर नदी में फेंकते रहेंगे और ख़ुश होते रहेंगे, जैसे वह युवक हुआ था। युवक को यह एहसास ही नहीं था कि वह जिन्हें पत्थर समझकर नदी में फेंक रहा है, वे पत्थर नहीं बल्कि क़ीमती हीरे हैं। हमें जो दुर्लभ मानव जीवन मिला है, वह हीरों की थैली है, जिसमें बहुत से नायाब हीरे भरे हुए हैं - हमारी चेतना, हमारा दिमाग़, हमारा शरीर, यह सुंदर सृष्टि। इन हीरों को तराशने यानी आत्मविकास द्वारा संतुष्टि पाने के लिए हम इस पृथ्वी पर आए हैं। यह सही समय है कि अब हम विकास नियम के प्रकाश में अपनी संभावनाओं को पहचान लें, उन्हें सहेजें, उन्हें तराशें ताकि हमारा जीवन उस ऊँचाई पर पहुँचे, जिसे मानव जन्म का उच्चतम विकास कहा गया है।

क्या आपको लगता है कि आज आपके अस्तित्त्व का हर आयाम परिपूर्ण है... क्या आप अपने आत्मविकास से संतुष्ट हैं? क्या आप अपने जीवन के शारीरिक, आर्थिक, मानसिक, आध्यात्मिक और सामाजिक विकास से संतुष्ट हैं? यदि नहीं हैं, तो भी यह कोई कम बात नहीं हैं कि आप इस बारे में सोच रहे हैं। अधिकांश लोग तो अपने समग्र जीवन के बारे में तब तक नहीं सोचते हैं, जब तक कि बहुत देर नहीं हो जाती। आपको बधाई कि आपने इस बात पर ध्यान दिया, इस पर अब अमल करें।

हर मनुष्य अनुपम रचना है लेकिन अधिकांश मनुष्य इस रचना पर अवगुणों व ग़लत मान्यताओं की धूल जमने देते हैं और फिर एक ऐसा समय आता है, जब वह चित्र ही नहीं दिखता है, जो ईश्वर ने बनाया था। हमें पूरी चेतना के साथ हर दिन आत्मविश्लेषण करके ईश्वर के बनाए चित्र को साफ़ करना चाहिए।

स्वामी रामकृष्ण परमहंस से एक दिन उनके शिष्य ने पूछा कि वे हर दिन लोटा क्यों माँजते हैं? परमहंस का जवाब था, 'यह लोटा नित्य माँजने पर भी मलिन हो जाता है। अंतर्मन की दशा भी यही है और जब नित्य ही कुसंस्कार की मलिनता इस पर पड़ती है, तो यह भी लोटे की तरह ही मैला हो जाता है। हमें अच्छे संस्कारों व विचारों से अपने अंतर्मन को माँजना चाहिए ताकि हमारा अंतर्मन मलिन न हो पाए और सदा जगमगाता रहे।'

विकास की बातें करना बहुत आसान है लेकिन उस रास्ते पर चलना उतना आसान नहीं है। विकास पथ की कठिनाइयों से डरकर कई लोग यह पथ छोड़ देते हैं। इस मुश्किल को आसान करता है 'विकास नियम'। यह नियम जीवन के सभी महत्त्वपूर्ण ख़ज़ानों को पाने का नक़्शा प्रदान करता है ताकि आप उन तक आसानी से पहुँचकर संतुष्टि पाने का राज़ जान सकें।

हीरे के समान जीवन को तराशने से पहले सही सवाल पूछकर उसका मूल्यांकन करना सीखें, फिर उसे तराशना शुरू करें। इस तरह विकास पथ पर चलने से आप भी हीरे के समान चमक उठेंगे। इसी चमक से आप इस संसार में आने के उस उद्‌देश्य को पूरा करेंगे, जिसे आत्मबोध कहा जाता है और जो बरसों से आपकी राह देख रहा है।

इस पुस्तक द्वारा उस बोध की खोज में आपका स्वागत है! इसे फेंके नहीं तराशें वह भी आज से, याद से...।

...सरश्री

पुस्तक का लाभ कैसे लें

1. यह पुस्तक विकास नियम है अर्थात आपके लिए सेल्फ़ शिविर है, जिसका हर दिन एक अध्याय पढ़कर मनन करें और एक विकास डायरी बनाएँ। इस पुस्तक में दिए गए सवालों पर गहराई से, लिखित में मनन करने के लिए इस डायरी का उपयोग करें।

2. पुस्तक के पहले खण्ड द्वारा आप विकास नियम को जानेंगे इसलिए पहले खण्ड को पहले पढ़ें। बाक़ी खण्ड आप अपनी ज़रूरत अनुसार आगे-पीछे पढ़ सकते हैं।

3. इस पुस्तक को पढ़ते वक़्त आप अपनी रचनात्मकता का उपयोग भी कर सकते हैं। अपने मनपसंद वाक्यों या प्रसंगों को रंगीन मार्कर या हाइलाइटर से चिन्हित कर दें।

4. यह पुस्तक आपका आइना है। इस आइने में स्वयं की शक्ल बिना शर्म या डर के देखें, यानी पुस्तक पढ़ते वक़्त पूरी ईमानदारी रखें और पेन/पेन्सिल और विकास डायरी भी साथ में रखें।

खण्ड 1

विकास नियम पथ

1

आपके जीवन में विकास नियम कैसे कार्य करेगा

जो आप आज और अभी कर रहे हैं, उसे सर्वश्रेष्ठ करें।
जो आपने कल किया, उससे सीखकर भूल जाएँ।
जो आप कल करेंगे वह बेहतरीन होगा यह विश्वास रखें।

विकास नियम हमारे चारों ओर काम कर रहा है। फिर चाहे वह शरीर का विकास हो, बुद्धि का विकास हो, शहर या देश का विकास हो। यह पेंटिंग द्वारा प्रकट हो, बिजनेस प्लान हो, कविता हो, संगीत हो या नया वैज्ञानिक आविष्कार हो। विकास नियम तो एक बुनियादी नियम है; यह पूर्णता की चाहत है। यही नई सोच है, यह सदा नए का स्वागत है!

नई सोच कहती है, *'हर एक इंसान और वस्तु में उच्च संभावना मौजूद है जिसे प्रकट होना है।' और जिस नियम से यह रूपांतरण घटित होता है, उसे विकास नियम कहते हैं।*

अर्थात हर चीज़ में विकास और रचनात्मकता की अनंत संभावनाएँ मौजूद हैं। जो चीज़ अपनी पूरी संभावना तक पहुँच चुकी है, उसे ही विकास नियम का आशीर्वाद मिला है।

जब हम किसी नई चीज़ या विचार की रचना करते हैं तब हम विकास नियम का उपयोग करते हैं। विकास नियम के ज़रिए हम उस आंतरिक मौन

(तेजविकास) तक पहुँचते हैं, जो हमारे हृदय में मौजूद है।

जब हम स्रोत से जुड़े बिना नवनिर्माण करते हैं तब हम कुछ नया, उपयोगी या नायाब नहीं रच पाते। वह संसार में पहले से ही मौजूद निर्माणों की नक़ल भर होती है। उन्हें बनाते हुए हमारे मन में दुविधा, डर, तुलना, परिणाम की चिंता, लालच, असुरक्षा और अभाव की भावना रहती है, जिससे हमारा मन अस्पष्ट और उलझा हुआ रहता है।

जिस भी चीज़ का विकास हुआ है, हो रहा है और होगा, वह अदृश्य में, संभावना के रूप में, पहले से ही मौजूद है। जहाँ यह अप्रकट है और अदृश्य बनी रहती है। हर चीज़ में विकास की संभावनाएँ अनंत हैं। इस संसार में जो स्पष्ट दिख रहा है, वह अदृश्य संभावना का अंश मात्र है। इसलिए जब भी हम नकारात्मकता या झूठी सीमा को देखते हैं या परेशान करने वाली और कठिन परिस्थितियों में होते हैं, उस वक़्त हमें याद रखना चाहिए कि 'अदृश्य में मौजूद अनंत संभावनाओं में से सिर्फ़ कुछ संभावनाएँ मेरे सामने आई हैं। लेकिन अनंत सकारात्मक वरदान अभी भी उपलब्ध हैं।' हमें उनकी ओर अपना ध्यान केंद्रित करना चाहिए, तभी विकास नियम आपके जीवन में खुलकर कार्य कर पाएगा।

हमें नकारात्मकता के साँप को विकास नियम के ज़रिए नवनिर्माण की सीढ़ी में बदलना सीखना चाहिए। ऐसी परिस्थितियों के बीच भी हमें अपने मन की आँखों से ईश्वरीय गुणों को देखना चाहिए। इससे अदृश्य कुदरत को नया आदेश मिलेगा कि वह ईश्वरीय गुणों को आपके जीवन में प्रकट कर दे। इस तरह हमें बस आस्था के बीज बोने की ज़रूरत है और फिर चमत्कार होने का धैर्यपूर्वक इंतज़ार करना है।

आप जानते हैं कि चित्रकार नए रंगों का निर्माण करने के लिए कई बुनियादी रंगों को मिलाता है। अनेक रंगों के साथ-साथ उसने काला रंग भी बनाया है। कोई सोचता है कि उसने 'काला' रंग क्यों बनाया, जो स्याह और निराशाजनक दिखता है। लेकिन चित्रकार के लिए काला रंग भी किसी अन्य रंग जितना ही महत्त्वपूर्ण है। काले रंग की बदौलत वह अपनी कला को गहराई देकर इसे त्रिआयामी रचना बना पाता है। कई मामलों में काला रंग दूसरे रंगों की सुंदरता को उभारता और बढ़ाता है।

कुछ लोग बेसुरा गाते हैं लेकिन रचनाकार की योजना में वे भी महत्त्वपूर्ण भूमिका निभाते हैं। यदि वे न होते तो अच्छा गाने वाले लोगों का कोई मोल ही न होता। हमें विकास और तेजविकास के खेल को, जो इस दुनिया में निरंतर खेला जा रहा है, समझने की ज़रूरत है।

विकास नियम के स्वामी कैसे बनें

हम जहाँ काम करते हैं, हमें उस क्षेत्र का पूरा ज्ञान होना चाहिए। हो सकता है कि हमें उस क्षेत्र का पूरा ज्ञान न हो। ऐसी परिस्थिति में अधिकतर लोग कार्य बंद करके पूरी जानकारी हासिल होने का इंतज़ार करते रहते हैं।

यह याद रखें, काम करते-करते कुछ उलझनें ख़ुद-ब-ख़ुद सुलझने लगती हैं। ख़ुद से पूछें, *'क्या मैं काम से बचने के लिए पूर्ण जानकारी मिलने की आड़ में बहाने तो नहीं बना रहा हूँ?'* क्योंकि अधिकतर लोग इस उम्मीद में इंतजार करते रहते हैं कि कोई आकर कठिन कामों को सरल बना देगा तो वे अपना काम शुरू करेंगे।

अगर आप जानकारी के अभाव में बहाने बनाने लग जाते हैं तो आपको काम शुरू करने की आदत डाल लेनी चाहिए। इसका यह अर्थ नहीं है कि आपको पहले से योजना नहीं बनानी चाहिए। इसका अर्थ तो बस यह है कि आपको तब तक इंतज़ार नहीं करना है, जब तक कि आपको अपने मनमाने तरीक़े से बात समझ में न आ जाए।

विकास नियम को सक्रिय करने के लिए हमें टाल-मटोल की आदत से मुक्त होना चाहिए। इसके लिए हमें उसे अलग रख देना चाहिए, जिसे हम फ़िलहाल नहीं समझ पा रहे हैं। भले ही हम काम के सारे पहलुओं को न समझते हों लेकिन हमें अपना काम थोड़ा-थोड़ा ही सही लेकिन जारी रखना चाहिए। कुछ रहस्य तभी खुलते हैं, जब हम उन पर काम करते हैं। यदि हम पहले से शर्त लादे बिना कार्य शुरू करने की यह आदत डाल सकें तो विकास नियम के स्वामी बन जाएँगे।

2

विकास का मार्ग

इस विश्व में कोई भी इंसान सबकुछ सीखकर पैदा नहीं होता
इसलिए प्रशिक्षण द्वारा बुद्धिमान होने में समझदारी है।

सुबह-सुबह घर में हंगामा मचा हुआ था। पिताजी को उनके ऑफ़िस के काम से संबंधित एक महत्त्वपूर्ण फ़ाइल नहीं मिल रही थी इसलिए वे बहुत परेशान थे। माँ भी अपना काम छोड़कर घर के हर कोने में फ़ाइल ढूँढ़ने में लगी हुई थी। जब घर के बाक़ी सदस्यों को पता चला, तब वे भी फ़ाइल ढूँढ़ने में जुट गए। बहुत ढूँढ़ने पर भी वह फ़ाइल कहीं नहीं मिली। इस बात से दु:खी होकर जब पिताजी ऑफ़िस गए, तब उन्होंने देखा कि वह फ़ाइल उनके ऑफ़िस की टेबल पर ही पड़ी थी, जिसे खोजने में पूरा घर परेशान था।

फ़ाइल देखने के बाद पिताजी को तसल्ली हुई लेकिन इस बात का दु:ख भी हुआ कि उनकी वजह से घर के सारे सदस्यों को तकलीफ़ हुई। उन्हें एहसास हुआ कि इस एक बात की वजह से घर का पूरा वातावरण बिगड़ गया और कुछ समय के लिए घर के सभी सदस्य नाराज़ हो गए।

ऐसी घटनाएँ आम तौर पर कई घरों में देखी जाती हैं। इन घटनाओं के बारे में इंसान कुछ देर तक सोचता है और फिर भूल जाता है। कुछ दिनों के बाद ऐसी ही घटनाओं की पुनरावृत्ति होती देखी जाती है। जब तक पिताजी स्वयं को, अपने कामकाज को, अपने जीवन को व्यवस्थित नहीं करेंगे, तब तक इसी प्रकार की घटनाएँ बार-बार होती रहेंगी। क्या आपने कभी सोचा है

कि ऐसा क्यों होता है? दरअसल ये घटनाएँ इशारे करती हैं। ये कुदरत के इशारे हैं, विकास के अवसर हैं। यह इशारा है आपके जीवन में परिवर्तन और विकास नियम को अपनाने का।

विकास प्रेमी कुदरत के इशारों पर चलते हैं

जब आप विकास करने का प्रयास नहीं करते, तब कुदरत आपके लिए वह प्रयास करती है। जब कोई इंसान बेहोश होकर जीवन जीता है, तब उसे जगाने के लिए कई घटनाएँ होती हैं। जीवन स्वयं उसे अपने ढंग से जगाने का प्रयास करता है। हर इंसान के जीवन में होने वाले हादसे इसी बात का प्रतीक हैं। अनुकूल परिस्थितियों में इंसान ख़ुशी से समय बिताता है लेकिन जब उसके जीवन में कोई हादसा होता है, तब अधिकांशत: देखा जाता है कि उसका मनोबल टूट जाता है, उसका विश्वास कमज़ोर हो जाता है। हक़ीक़त में इन हादसों के माध्यम से जीवन आपकी नींद तोड़ना चाहता है, आपको जाग्रत करना चाहता है। पृथ्वी पर आप जो विकास करने के लिए आए हैं, वह हो पाए यही इन घटनाओं का उद्देश्य होता है।

रॉबर्ट शुलर ने कहा है, 'कोई भी मूर्ख एक सेब के अंदर के बीज गिन सकता है। सिर्फ़ ईश्वर ही एक बीज में मौजूद सभी सेबों को गिन सकता है।' कुदरत आपके बारे में, आपके पृथ्वी पर आने के लक्ष्य के बारे में आपसे ज़्यादा जानती है। उसे पता होता है कि आप अर्ध-बेहोशी में चले गए हैं और अगर आप नहीं जागे तो आपका विकास अधूरा रह जाएगा। इसीलिए वह कुछ घटनाओं के माध्यम से संकेत भेजती है ताकि आप जाग जाएँ।

उन्नीसवीं सदी के मशहूर लेखक हॉथोर्न को भी कुदरत ने एक ऐसा ही संकेत दिया था। वे उस वक़्त नौकरी करते थे। उनके मन में महान साहित्यकार बनने की इच्छा तो थी लेकिन नौकरी की वजह से उन्हें लेखन कार्य के लिए समय नहीं मिल पाता था। 1848 में एक दिन हॉथोर्न को उनकी नौकरी से निकाल दिया गया, जिससे वे बड़े दु:खी हुए। यह दरअसल कुदरत का संकेत था कि वे अपने साहित्य-सृजन में जुट जाएँ। सौभाग्य से हॉथोर्न जाग गए और नौकरी छूटने के बाद उन्होंने एक अमर ग्रंथ की रचना की, जिसका नाम है 'द स्कार्लेट लैटर', जो अमेरिकी साहित्य की अमूल्य धरोहर है। अगर हॉथोर्न की नौकरी नहीं छूटती तो वे साहित्य-सृजन का कार्य नहीं कर पाते

और इतने बड़े साहित्यकार नहीं बन पाते। नौकरी छूटना कुदरत का इशारा था कि वे अपने पृथ्वी पर आने के लक्ष्य पर ध्यान केंद्रित करें।

कुदरत का ऐसा ही इशारा स्वीडन के अल्फ्रेड नोबल को भी मिला था। नोबल बहुत दौलतमंद इंसान थे, जिन्होंने डाइनामाइट का आविष्कार करके भारी दौलत कमाई थी। 1888 में अख़बार वालों ने ग़लती से उनकी मृत्यु की ख़बर छाप दी, जिसमें उन्हें मौत का सौदागर कहा गया क्योंकि उनके आविष्कार से लोगों को बड़ी संख्या में मारा जा सकता था। अपने जीवन का यह आकलन पढ़कर अल्फ्रेड नोबल की आँखें खुल गईं और उन्होंने नोबल पुरस्कार की स्थापना की ताकि उन्हें मौत के सौदागर के रूप में नहीं बल्कि मानवता के हितैषी के रूप में याद रखा जाए। उनकी मृत्यु की ग़लत ख़बर नोबल के लिए एक संकेत थी, जिसके द्वारा कुदरत उन्हें याद दिला रही थी कि वे जाग जाएँ।

कुदरत इंसान को हर बार आगे बढ़ने के लिए इशारा देती रहती है लेकिन अनजाने में इंसान कुदरत के इशारों की ओर ध्यान ही नहीं देता। जब तक वह ध्यान नहीं देता, तब तक कुदरत उसे इशारे भेजती रहती है। संपूर्ण विकास पर मनन करवाने के लिए कुदरत की यह अपनी व्यवस्था है। वह आपको हमेशा सही दिशा में भेजते रहती है। यह आपसे अधिक जानती है। भले ही आपको पता हो या न हो, कुदरत को पता होता है कि आपका विकास पथ क्या है।

विकास नियम की बुनियाद : मनन

हम सबको अतीत, वर्तमान और भविष्य तीनों पर ईमानदारी से मनन करने की आवश्यकता होती है। अतीत के विश्लेषण द्वारा आप कुदरत के संकेत देने के ढंग को समझते हैं। वर्तमान के लिए आप कार्य योजना बनाते हैं और भविष्य में अपने परम लक्ष्य की ओर आगे बढ़ने का संकल्प करते हैं।

भूतकाल पर मनन :

भूतकाल की ग़लतियों पर अफ़सोस करने या भूलों पर पछताने से बेहतर यही है कि भूतकाल से सही सबक़ सीखें। पुरानी ग़लतियों का विश्लेषण करके

पता लगाएँ कि आप किस वजह से असफल हुए, आपमें कौन से अवगुण या दुर्गुण हैं, आपको किन क्षेत्रों में परिवर्तन करने की ज़रूरत है। भूतकाल का मनन सही सबक़ सीखने के उद्देश्य से करें। अतीत का मनन इस तरह करें ताकि आपका भविष्य उज्ज्वल बन जाए। इस दौरान यह विचार करें कि आपको वर्तमान जीवन में कौन से परिवर्तन करने हैं ताकि पुरानी ग़लतियाँ दोबारा न हों। इस तरह विचार मंथन से आप अपना भविष्य सँवारने का कार्य कर सकते हैं।

वर्तमान पर मनन :

मनन के लिए आपको अपनी वर्तमान स्थिति का विश्लेषण भी कर लेना चाहिए।

1. क्या आप वैसा जीवन जी रहे हैं, जैसा आप जीना चाहते हैं?
2. क्या आपकी आर्थिक स्थिति वैसी है, जैसी आप चाहते हैं?
3. क्या आपका सामाजिक जीवन वैसा है, जैसा आप चाहते हैं?
4. क्या दूसरे लोगों या परिवार वालों के साथ आपके संबंध उतने मधुर हैं, जितने आप चाहते हैं?
5. क्या आपका आध्यात्मिक जीवन उतना सार्थक है, जितना आप चाहते हैं?
6. यदि ऐसा नहीं है तो उसका कारण क्या है?

स्वयं से सवाल पूछकर, वर्तमान स्थिति का विश्लेषण करके पता लगाएँ कि आपको स्वयं में कौन सा बदलाव लाने की ज़रूरत है?

आपको स्वयं में कौन सी नई आदतें डालने की ज़रूरत है? आपको अपने जीवन में कौन से परिवर्तन करने चाहिए और किन क्षेत्रों में कितना बदलाव लाना चाहिए?

ज़ाहिर है, वर्तमान पर इस तरह मनन करने से आपकी आँखें खुल जाएँगी और आप अपने जीवन में सकारात्मक परिवर्तन करने की स्थिति में होंगे। ध्यान रखें, वर्तमान की बुनियाद पर ही भविष्य की इमारत बनती है।

भविष्य पर मनन :

इसके बाद आपको अपने भविष्य पर मनन करना चाहिए। गणित में आपने बचपन में इस तरह का सवाल पढ़ा होगा : 'अगर कोई ट्रेन 20 कि.मी. प्रति घंटे की गति से चलती है तो तीन घंटे बाद वह कितनी दूर पहुँच जाएगी?' कुछ इसी तरह का अनुमान इंसान अपने जीवन के बारे में भी लगा सकता है।

आज आप जिस मार्ग पर चल रहे हैं, उस पर चलते हुए बारह साल बाद आप स्वयं को कहाँ पर देखते हैं? बारह साल बाद आप कहाँ होंगे?

क्या जीवन के अंत में आपको इस बात की ख़ुशी होगी कि आप ऐसा जीवन जिए?

क्या इस संसार से विदा होते वक़्त आप इस बात पर संतुष्ट होंगे कि आपने एक सार्थक, उद्‌देश्यपूर्ण जीवन जिया?

क्या आपको यह संतोष होगा कि आपने लोगों के जीवन को बेहतर बनाया, संसार को बेहतर बनाने में अपना योगदान दिया?

यदि ईमानदारी से यह मनन किया जाए तो आपका आत्मविकास निश्चित रुप से होगा।

अमल के पहले

मनन वह है जो गहराई तक पहुँचते ही अमल में परिवर्तित हो जाए। जब तक मनन द्वारा तय की गई बातों पर कार्य नहीं किया जाता, तब तक मनन पूरा नहीं होता। *कर्म के बिना मनन अधूरा है और बिना मनन के कर्म दिशाहीन है।*

संपूर्ण मनन की गहराई प्राप्त करते ही क्रिया अपने आप होने लगती है। इसे एक उदाहरण द्वारा समझेंगे। मान लें, आपने मनन किया कि 'आपको अपनी पुस्तकें अलमारी में अच्छी तरह से क्यों और कैसे रखनी हैं?' इसके बाद आप अपनी पुस्तकें अलमारी में अच्छे ढंग से ज़रूर रखेंगे, वरना यह समझा जाएगा कि आपके मनन में कमी है। मनन और क्रिया का गहरा संबंध है। बिना मनन के क्रिया में दिशा नहीं होती और बिना क्रिया के मनन अधूरा रहता है।

विकास पथ पर चलते-चलते पाँच क़दम

1. आदर्श स्थिति में हमें हर हफ़्ते मनन करना चाहिए क्योंकि इंसान आदतन एक ही ग़लती बार-बार दोहराता रहता है, जो उसकी आदत या मान्यता के कारण होता है। उसी के फलस्वरूप वह जहाँ है, वहीं रह जाता है, आत्मविकास नहीं कर पाता। जब आप मनन करेंगे, तभी आपको अपनी ग़लतियाँ दिखेंगी और आप उन्हें न दोहराने की ठानेंगे। तभी आप सही ढंग से विकास कर पाएँगे।

2. कुछ लोगों को कार्य को अधूरा छोड़ने की आदत होती है। ऐसे लोग कार्य शुरू तो करते हैं लेकिन उसे बीच में ही छोड़कर दूसरा कार्य करने लग जाते हैं। नतीजन हर कार्य अधूरा रहता है और एक भी लक्ष्य पूरा नहीं हो पाता। एक लक्ष्य को पूरा करने के बाद ही दूसरा लक्ष्य लेना है, इस बात की उन्हें आदत नहीं होती। विकास पथ पर चलने वालों को आत्म-अवलोकन करना चाहिए ताकि वे अपनी इस बुरी आदत से बाहर निकलें और तय किए गए कार्यों को पूर्णता दे सकें।

3. विकास पथ पर चलते हुए आपके सामने यह बात अवश्य आएगी कि 'हम स्वयं के बारे में बहुत कम जानते हैं।' मनन द्वारा सामने आई बातों पर आप अपनी सोच और कार्य करने के ढंग से परिचित होकर उनमें परिवर्तन ला सकते हैं। आप यह भी जान सकते हैं कि 'क्या हमारे सभी कार्य हमारे तय लक्ष्य के अनुसार हो रहे हैं या नहीं?'

   उदाहरण के तौर पर, आपने अपने शरीर का वज़न घटाने का लक्ष्य रखा लेकिन तीन महीनों के बाद आपने देखा कि आपका वज़न जितना था, उतना ही है, कम हुआ ही नहीं। अगर आप मनन नहीं करते हैं, तो क्या होगा? आप सोचेंगे कि लक्ष्य तय करने से कोई लाभ नहीं है क्योंकि मेरा वजन कम हो ही नहीं सकता। यह भी हो सकता है कि इसके लिए आप परिवार वालों, दूसरे लोगों या ईश्वर तक को दोष देने लगें।

   लेकिन जब आप गहरा मनन करेंगे, तब सच्चाई आपके सामने आएगी कि ग़लती कहाँ हुई और ज़िम्मेदार कौन है। तभी आपको पता चलेगा कि आपने वज़न कम करने का लक्ष्य तो रखा लेकिन अपने खान-पान और व्यायाम की आदतों में सही परिवर्तन नहीं किया। इस

तरह आप अपनी आदतों में उचित परिवर्तन करने का संकल्प करेंगे, जिससे आपको भविष्य में मनचाहे परिणाम मिलेंगे।

4. अदृश्य रहस्यों को सामने लाने का सबसे बेहतरीन तरीक़ा है 'मनन'। जब इंसान अदृश्य को देख (जान) पाता है, तभी उसका उत्तम विकास संभव होता है। आज तक आप जो करते आए हैं, यदि आगे भी वही करते रहेंगे तो आप आज जहाँ पर हैं, वहीं रहेंगे। अगर आप आगे बढ़ने की चाहत रखते हैं तो अदृश्य नियमों को सामने लाना बहुत ज़रूरी है। याद रखें, पेड़ की जड़ें हमेशा अदृश्य होती हैं। हमें पेड़ नज़र आता है, उसकी जड़ें नज़र नहीं आतीं लेकिन हम जानते हैं कि यह पेड़ अदृश्य की बदौलत ही खड़ा है। उसी की बदौलत इसे पोषण मिल रहा है, उसी की बदौलत इसका अस्तित्त्व बना हुआ है। मनुष्य की जड़ें भी अदृश्य (भीतर) होती हैं और विकास नियम द्वारा ही उसे उपयोग में लाया जा सकता है।

5. आपमें कुछ अच्छी आदतें हैं, जिनकी वजह से आज तक आपका विकास हुआ है। मनन द्वारा जब वे आदतें सामने आएँगी, तब आप उन आदतों को जारी रखने का निर्णय ख़ुशी से लेंगे। हर इंसान में अच्छाइयाँ छिपी होती हैं लेकिन उसे उनके बारे में जानकारी ही नहीं होती। मनन के बाद ही उसे अपनी वास्तविक स्थिति का पता चलता है। इस तरह हम अपनी अच्छी आदतों और योग्यताओं को भी जान सकते हैं और उन्हें बढ़ाकर प्रगति की राह पर आगे बढ़ सकते हैं।

3

अपनी सोच सदा विकास पथ पर रखें

अतीत को बदला नहीं जा सकता, वर्तमान से बचा नहीं जा सकता, केवल भविष्य को सँवारने का कार्य ही वर्तमान में किया जा सकता है।

एक मकान मालिक ने नया मकान ख़रीदने का निर्णय लिया। उसने प्रॉपर्टी एजेंट से कहा कि वह पुराने मकान को बेच दे। जब प्रॉपर्टी एजेंट ने कारण पूछा तब उसने कहा कि 'अपने सपनों का मकान ख़रीदने के लिए मैं पुराने मकान को बेच रहा हूँ।'

प्रॉपर्टी एजेंट ने मकान की विशेषताओं का वर्णन करते हुए एक विज्ञापन तैयार किया और अगले दिन अख़बार में छपवा दिया।

अगले दिन उस मकान मालिक ने वह विज्ञापन पढ़ा, बार-बार पढ़ा और इसके बाद प्रॉपर्टी एजेंट को फ़ोन किया। फ़ोन पर उसने एजेंट से कहा, 'मैं अब यह मकान नहीं बेचना चाहता।' एजेंट ने आश्चर्य से पूछा, 'कल ही तो आप इसे बेचने के लिए बेताब थे और आज आप मना कर रहे हैं। आख़िर आपने अपना मन क्यों बदल लिया?' मकान मालिक ने कहा, 'मैंने आपका विज्ञापन पढ़कर अपना मन बदल लिया।' एजेंट ने कहा, 'क्या आपको हमारा विज्ञापन अच्छा नहीं लगा? अगर आप

चाहें, तो हम दूसरा विज्ञापन छाप सकते हैं।' मकान मालिक ने कहा, 'नहीं, दरअसल आपका विज्ञापन पढ़ने के बाद मेरी आँखें खुल गईं। आपने इस घर की जो विशेषताएँ बताई हैं, उन्हें पढ़ने के बाद मुझे एहसास हुआ कि यही तो मेरे सपनों का घर है। मुझे यह समझ ही नहीं आया था कि मैं जिस तरह के घर में हमेशा से रहना चाहता था, दरअसल मैं इसी समय उसमें रह रहा हूँ! इस एहसास के बाद मैंने अपना इरादा बदल लिया। मैं आपका बहुत आभारी हूँ, जो आपने मेरी आँखें खोल दीं!'

जीवन में हम बहुत सी चीज़ों की तरफ़ ध्यान नहीं देते हैं, ख़ास तौर पर अपनी नियामतों की तरफ़। हम अपने सपनों का जीवन चाहते हैं लेकिन जिस वर्तमान में हम रह रहे हैं, उसकी सुंदरता और विशेषताओं को नज़रअंदाज़ कर देते हैं।

हम अपने *सपनों का जीवनसाथी* चाहते हैं लेकिन हम जिस जीवनसाथी के साथ रहते हैं, उसकी ख़ूबियों को अनदेखा कर देते हैं और उसकी कमियों को बढ़ा-चढ़ाकर देखते हैं।

हम अपने *सपनों की नौकरी* चाहते हैं लेकिन हम अपनी वर्तमान नौकरी के अच्छे पहलुओं को नज़रअंदाज़ कर देते हैं और उसके बुरे पहलुओं पर ही ध्यान देते रहते हैं।

मानव स्वभाव होता ही ऐसा है कि जो कुछ इंसान के पास होता है, वह उसे महत्त्वहीन मानकर नज़रअंदाज़ करने लगता है और जो कुछ दूसरे के पास होता है, वह उसे बहुत महत्त्वपूर्ण लगता है इसलिए वह उसकी कामना करने लगता है। इंसान की इसी फ़ितरत के कारण दूसरे की घास ज़्यादा हरी और दूसरे की थाली ज़्यादा भरी दिखती है। यदि हम इस संसार में सच्चा विकास करना चाहते हैं, तो यह ज़रूरी है कि हम अपनी नियामतों पर पर्याप्त ध्यान दें क्योंकि ईश्वर ने हर इंसान को बहुत सारी अच्छी चीज़ों का वरदान दिया है।

विकास पथ पर कब हीरे भी कोयले हैं

कई लोगों को मनन करने की आदत नहीं होती। उन्हें लगता है कि मनन करने से कोई फ़ायदा नहीं होगा लेकिन हक़ीक़त में जब वे मनन करते हैं

और उससे होने वाले परिवर्तन को महसूस करते हैं, तब उन्हें इस सच्चाई का पता चलता है कि 'बिना मनन के हीरे भी कोयले हैं।' कई बार तो मनन का महत्त्व पता होने के बावजूद इंसान सहजता से मनन नहीं कर पाता क्योंकि उसे अपने जीवन में परिवर्तन लाने की आदत नहीं होती। हर इंसान की आदतों, गुणों और विकास का नक़्शा अलग होता है। उसी के आधार पर उसे आगे बढ़ना चाहिए।

कुछ आदतें विकास पथ में बाधक होती हैं। जैसे, इंसान की आलसी प्रवृत्ति, कार्यों को कल पर टालने की आदत, समय का पाबंद न होना, अदूरदर्शिता, अति व्यस्तता इत्यादि। इंसान सोचता है, 'आज तो सभी बातें अच्छे ढंग से चल रही हैं, अतः मैं कल मनन करूँगा। आज मनन करने की ज़रूरत नहीं है।' फिर इंसान के जीवन में कुछ ऐसी घटनाएँ होती हैं, जिससे उसका मन अस्थिर हो जाता है। तब उसे पता चलता है कि स्वयं की आदतें बदलने की उसे सख़्त ज़रूरत है।

कई लोग व्यस्तता की आड़ में मनन नहीं करते, विकास पथ पर चलने से जी चुराते हैं। उन्हें यह समय की बर्बादी लगती है। वे काम करने को ज़्यादा महत्त्व देते हैं और भूल जाते हैं कि विचार ही कार्य का आधार है। जैसा विचार, वैसा कार्य। यदि आप लगातार ग़लत दिशा में कार्य करते हैं तो आपको मनचाहा परिणाम नहीं मिल पाता है। जैसे मान लें, आपका फ़्लैट चौथी मंज़िल पर है और आप बड़ी मेहनत से सौ सीढ़ियाँ चढ़ जाते हैं लेकिन चौथी मंज़िल पर पहुँचकर आपको पता चलता है कि आप ग़लत इमारत की सीढ़ियाँ चढ़ गए और आपका फ़्लैट तो बाजू वाली इमारत में है।

व्यस्तता के बारे में एक अँग्रेज़ कवि के जीवन की एक घटना पर मनन करें। एक बार कवि साउदी ने एक महिला को प्रभावित करने के लिए बताया कि वे दिनभर कितने अधिक व्यस्त रहते हैं। सुबह 5 बजे उठते हैं, 6 से 8 बजे तक स्पेनिश पढ़ते हैं... फिर अगले एक घंटे तक कुछ और पढ़ते हैं और रातभर तक लगातार पढ़ते या लिखते रहते हैं। उस महिला ने उनसे पूछा, 'फिर आप सोचते कब हैं?'

यह सवाल बहुत महत्त्वपूर्ण है। अगर आप हर वक़्त मनोरंजन और काम निपटाने में ही जुटे रहते हैं और सोचने का समय नहीं निकालते हैं, तो

आपको यह कैसे पता चलेगा कि आप विकास पथ की दिशा में कार्य कर रहे हैं या नहीं?

हेनरी फ़ोर्ड ने कहा है, 'सोचना संसार का सबसे मुश्किल काम है, शायद इसीलिए बहुत कम लोग यह काम करते हैं।' यदि आप अपने जीवन को सार्थक बनाना चाहते हैं तो मनन के बिना काम नहीं चलेगा। आपकी दिशा सही है या नहीं, यह तय करने के लिए यह क़दम उठाना ही होगा, ख़ुद से तीन महत्त्वपूर्ण सवाल पूछने ही होंगे।

पहला सवाल : 'मनन करने के बाद मुझे क्या मिलेगा?'

विचार मंथन करने से पहले इस बात पर मनन करना ज़रूरी है कि 'मनन करने से हमें क्या मिलेगा?' सही दिशा में मनन और क्रिया करने से आपको कई तरह के लाभ मिल सकते हैं। जैसे –

1. आपके जीवन का लक्ष्य या पृथ्वी लक्ष्य पूरा हो सकता है।
2. आप अपनी ग़लत आदतों से छुटकारा पा सकते हैं।
3. आपके अच्छे गुण विकसित हो सकते हैं।
4. समय नियोजन की कला, भविष्य को ध्यान में रखते हुए वर्तमान में परिवर्तन किया जा सकता है।
5. रिश्ते बेहतरीन बनाए जा सकते हैं।
6. नियोजन द्वारा आर्थिक समस्याओं से मुक्त हुआ जा सकता है।
7. आध्यात्मिक विकास के लिए समय दिया जा सकता है।
8. जीवन के प्रति उठने वाली सभी शिकायतों को दूर किया जा सकता है।

दूसरा सवाल : 'क्या मुझे वाक़ई वह चाहिए, जो मनन द्वारा मिलेगा?' इंसान की वाणी और क्रिया में अक्सर तालमेल का अभाव दिखाई देता है। इंसान कहता है, 'मुझे जीवन में बहुत आगे बढ़ना है... सफलता की सीढ़ियों पर चढ़ना है... मुझे स्वयं में परिवर्तन लाना है...' इत्यादि। लेकिन हक़ीक़त में जब क्रिया करने का समय आता है, तब वह पीछे हट जाता है। इंसान को लगता है कि आगे बढ़ना चाहिए लेकिन प्रयास करने की उसकी तैयारी नहीं होती।

दूसरा सवाल स्पष्ट करता है कि क्या हम वाक़ई मनन से मिलने वाला लाभ पाना चाहते हैं। इस सवाल का जवाब सिर्फ़ शब्दों में नहीं बल्कि अपने अनुभव से देना है। अगर आप अपनी क्रियाओं में परिवर्तन ला सकते हैं, तभी आप आगे बढ़ सकते हैं वरना आपको वापस पहले सवाल पर जाने की ज़रूरत है।

दूसरे सवाल का जवाब आपकी मानसिक तैयारी से आना चाहिए। मानसिक दृढ़ता तभी आएगी, जब आप अपने लक्ष्य के प्रति ईमानदार होंगे। जीवन के प्रति दृढ़ निष्ठा ही आपको विकास पथ पर अग्रसर करेगी। इसीलिए इस सवाल का जवाब मनन को सही दिशा दे सकता है।

तीसरा सवाल : 'मनन द्वारा जो मुझे मिलेगा, क्या मैं उसके लिए स्वयं में परिवर्तन करने को तैयार हूँ?' तीसरा सवाल दूसरे सवाल के साथ जुड़ा हुआ है। अगर आप दूसरे सवाल से आगे बढ़े हैं तो तीसरे सवाल का जवाब आसान है। तीसरा सवाल आपको सीधे क्रिया पर ले जाता है। अगर आप आत्मविकास के लिए तैयार हैं तो ही मनन के मार्ग पर चलें।

कई बार आप कहते हैं कि 'मुझे इस विचार पर अमल करना है,' लेकिन शरीर की ग़लत आदतों की वजह से आप वैसा नहीं कर पाते। इसका अर्थ है कि हमने दिए गए सवालों पर गहराई से मनन नहीं किया है। हमारा मनन इतना गहरा होना चाहिए कि वह तुरंत क्रिया में परिवर्तित हो जाए।

जैसे, स्वयं के विचारों पर मनन करते हुए आप तय करते हैं कि 'आज के दिन मैं एक भी नकारात्मक विचार को बढ़ावा नहीं दूँगा/दूँगी।' इस निर्णय के बाद उस दिन आपको कितने भी नकारात्मक विचार आएँ, उन्हें बढ़ावा न दें। ऐसा भी हो सकता है कि उस दिन आपके जीवन में कुछ हादसा हो जाए लेकिन उस हादसे में भी आपका दृष्टिकोण सकारात्मक ही होना चाहिए।

शुरुआत में आपको यह मुश्किल लग सकता है क्योंकि आपको इस तरह सोचने की आदत नहीं है। लेकिन जब आप मनन द्वारा सकारात्मक सोचने का निर्णय लेते हैं, तब उस निर्णय में अपने आप दृढ़ता आती है और आप सहजता से उस पर अमल कर पाते हैं।

सवाल पर सवालों द्वारा आत्मविकास

आप हर घटना, इंसान और वातावरण को कैसे देखेंगे? इस पर निम्नलिखित सवालों द्वारा मनन करें।

1. अगर आप कोई वस्तु किसी से ले रहे हैं या किसी को दे रहे हैं तो उसे कैसे लेंगे/देंगे?
2. जो कठिन कार्य आप करना चाहते हैं, उन्हें कैसे करेंगे?
3. कोई भी वस्तु आप कैसे और कहाँ पर रखेंगे?
4. आने वाले साल में आप किससे मिलेंगे और किससे मिलना कम करेंगे?
5. आने वाले साल में या आपके जन्मदिन के बाद आप कौन सी ग़लत आदतें छोड़ेंगे और कौन सी अच्छी आदतें विकसित करेंगे?

उपरोक्त सवाल केवल उदाहरण के लिए हैं। आप अपने लिए अन्य सवाल भी बना सकते हैं, जिस पर आप मनन कर सकें। जैसे आने वाले साल में आपकी दिनचर्या कैसी होगी? सुबह से लेकर रात तक आप जो कार्य करते हैं, उन्हें उसी क्रम में करेंगे या कुछ कार्यों का क्रम बदलेंगे? यह क्रम बदलते वक़्त क्या सुबह के कार्य शाम को किए जा सकते हैं और शाम के कार्य सुबह किए जा सकते हैं?

प्रगति के राजमार्ग पर आत्मसुधार ही वाहन है लेकिन बहुत कम लोग इस वाहन पर सवार होते हैं। जैसा लियो टॉल्स्टॉय ने कहा है, 'हर इंसान दुनिया बदलने के बारे में सोचता है लेकिन ख़ुद को बदलने के बारे में कोई नहीं सोचता।'

छोटे-बड़े परिवर्तनों का जादू

छोटी बातों के साथ-साथ आपको यह भी देखना है कि क्या आप जीवन में कोई बड़ा परिवर्तन करना चाहते हैं? कुछ बड़े परिवर्तन पूरे जीवन की दिशा बदल देते हैं। उदाहरण के लिए, अगर आपने निर्णय लिया कि आने वाले समय में आपको अपनी नौकरी या काम-धंधे में परिवर्तन करना है तो यह आपके लिए एक बड़ा निर्णय साबित हो सकता है। इस निर्णय के साथ आप महसूस करेंगे कि आपकी पूरी दिनचर्या में परिवर्तन आ गया।

जैसे एक इंसान मनन द्वारा यह तय कर सकता है कि वह कुछ चीज़ें खाना छोड़ देगा। यदि वह ऐसा कर लेता है तो उसके स्वास्थ्य पर बड़ा असर दिखाई देगा। वह इंसान तय कर सकता है कि खाने में नमक पूरी तरह से बंद करना है। इस तरह नमक न खाना उसके स्वास्थ्य के लिए एक बड़ा निर्णय साबित हो सकता है। इस निर्णय के साथ उसे बहुत सारे छोटे-छोटे नए निर्णय लेने होंगे कि अगर नमक नहीं खाना है तो खाने में किन चीज़ों का समावेश किया जाए। यह सिर्फ़ एक उदाहरण था। स्वास्थ्य से संबंधित ऐसे निर्णय हमेशा डॉक्टर की सलाह से ही लिए जाने चाहिए।

इसी तरह, कोई सोच सकता है कि आज के बाद वह किसी भी काम में आलस नहीं करेगा। यह छोटा सा संकल्प उसके जीवन को बदल सकता है क्योंकि अब से वह हर समय मन लगाकार काम करेगा, टाल-मटोल नहीं करेगा और काम से बचने के बजाय काम करने पर ध्यान देगा। इस एक छोटी सी चीज़ से उसके लिए विकास का द्वार खुल जाएगा।

हर इंसान के जीवन में पाँच मुख्य भाग होते हैं- शारीरिक, मानसिक, आर्थिक, सामाजिक और आध्यात्मिक। इन पाँचों भागों में से किस भाग में आपको बड़ा परिवर्तन लाने की आवश्यकता है और उसके आधार पर कौन से छोटे परिवर्तन करने हैं, इस बात पर विचार मंथन करें।

विश्वविख्यात लेखक हेमिंग्वे के बेटे ने एक बार एक कहानी लिखी। उसने अपने पिता से इसे बेहतर बनाने के लिए सुझाव माँगे। हेमिंग्वे ने पूरी कहानी पढ़कर उसमें बस एक शब्द बदला। बेटे ने निराशा में कहा, 'पिताजी, आपने केवल एक ही शब्द बदला है!' हेमिंग्वे ने जवाब दिया, 'अगर यह सही शब्द है, तो इतना ही काफ़ी है।'

सही समय पर सही परिवर्तन करें। जब परिवर्तन सही होगा, तभी परिणाम सही होगा। छोटा सा परिवर्तन भी आगे चलकर संपूर्ण विकास का कारण बन सकता है, जिस प्रकार छोटी सी जलधारा आगे चलकर बड़ी नदी में बदल सकती है या छोटा सा बीज आगे चलकर विशाल वृक्ष बन सकता है।

4

विकास विकल्प चुनने की कला

विकास करने वालों के शब्दकोश में असंभव शब्द नहीं होता,
असंभव शब्द की जगह पर चुनौती या निरंतर कोशिश लिखा होता है।

एक लाइटहाउस पर एक चौकीदार को नियुक्त किया गया। उसका काम यह था कि वह लाइटहाउस में रात को लगातार रोशनी जलाए रखे ताकि समुद्री जहाज़ चट्टानों से न टकराएँ। रोशनी जलाने के लिए चौकीदार को महीने में एक बार घासलेट दिया जाता था।

पास ही एक गाँव था। एक रात गाँव की एक महिला ने उस चौकीदार से थोड़ा सा घासलेट माँगा क्योंकि उसके घर में ज़रा भी घासलेट नहीं था। चौकीदार ने यह सोचकर उसे घासलेट दे दिया कि ज़रा से घासलेट से क्या अंतर पड़ता है?

कुछ समय बाद एक और गाँव वाला आया और उसने चौकीदार से चिमनी के लिए तेल माँगा। चौकीदार ने उसे भी थोड़ा सा घासलेट दे दिया। इस प्रकार घासलेट माँगने का यह सिलसिला चलता रहा। चौकीदार को गाँव वालों के सभी आग्रह वाजिब लग रहे थे इसलिए उसने उदारता से गाँव वालों को थोड़ा-थोड़ा घासलेट दे दिया। लाइटहाउस का चौकीदार सबको खुश करने की कोशिश करता रहा। नतीजा यह हुआ कि महीने के

> अंत में उसके घासलेट की सप्लाई ख़त्म हो गई और मशाल बुझ गई। जिस रात लाइटहाउस की मशाल बुझी, उसी रात कई जहाज़ चट्टानों से टकराए और बहुत से लोगों की जान चली गई।
>
> जब अधिकारियों ने मामले की जाँच की, तब उन्हें पूरी बात पता चली। चौकीदार ने ख़ुद को सही साबित करने की बहुत कोशिश की और गाँव वालों की मदद करने को वाजिब ठहराया लेकिन उसकी सभी बातों के जवाब में अधिकारियों ने सिर्फ़ एक ही बात कही, 'तुम्हें घासलेट सिर्फ़ एक ही उद्‌देश्य के लिए दिया गया था - उस मशाल को जलाए रखने के लिए।'

अंतत: अधिकारियों ने चौकीदार को नौकरी से निकाल दिया।

वह चौकीदार सबको ख़ुश करने के चक्कर में अपने कार्य से संबंधित मूल उद्‌देश्य को ही भूल गया। जिस वजह से बहुत सारे जहाज़ चट्टानों से टकरा गए, बहुत से लोग मर गए और उसे अपनी नौकरी से भी हाथ धोना पड़ा। हालाँकि उस चौकीदार ने ज़रूरतमंद लोगों की मदद ही की थी लेकिन उससे ज़्यादा महत्त्वपूर्ण था समुद्र में आने वाले जहाज़ों और उस पर सवार लोगों की सुरक्षा।

मनुष्य को अपने मूल उद्‌देश्य को कभी नहीं भूलना चाहिए। आपको अपना पूरा ध्यान लक्ष्य पर केंद्रित करना चाहिए और छोटी-छोटी बातों से विचलित होकर पथभ्रष्ट नहीं होना चाहिए। हर इंसान को क्षणिक आनंद के लिए निम्न चुनाव करने के बजाय हमेशा उच्चतम चुनाव ही करना चाहिए। जीवन में जब भी आपको निर्णय लेना हो तो इस आधार पर लें कि यह आपको लक्ष्य की दिशा में ले जा रहा है या उससे दूर कर रहा है।

एन्सो कोट्ज़र की बात याद रखें, 'निर्णय लेना तब ज़्यादा आसान हो जाता है, जब ईश्वर को प्रसन्न करने की आपकी इच्छा, संसार को ख़ुश करने की आपकी इच्छा से ज़्यादा भारी होती है।'

हर इंसान को स्वयं से यह सवाल पूछना चाहिए, *'मेरा लक्ष्य क्या है और मैं कौन से निर्णय ले रहा हूँ?'* आप जीवन में जो निर्णय लेते हैं, वे ही आपका भविष्य तय करते हैं। आपका हर निर्णय प्रकट होने वाले भविष्य को आकार देता है।

आपके हर निर्णय का असर वर्तमान पर हो रहा है इसलिए जीवन में सही निर्णय लेने की कला पहले सीखें। कौन सी घटना में किस तरह का निर्णय लेना चाहिए, यह कला यदि आप सीख गए तो आगे चलकर आप हर घटना में उच्चतम परिणाम प्राप्त कर पाएँगे।

आगे चलकर यह कला आपके लिए सबसे बड़ा वरदान सिद्ध होगी। इस वक़्त आप विकास नियम सीख रहे हैं, यह आपके लिए योग्य चुनाव है। इस समय आप कोई अन्य कार्य भी कर सकते थे, अनेक और विकल्प भी आपके सामने मौजूद थे लेकिन आपने 'विकास नियम विकल्प' का चुनाव किया है। आपने पुस्तक पढ़ने का निर्णय लिया है। इस निर्णय से आपके भविष्य को नया आकार मिलेगा। लोगों को यह पता नहीं होता इसलिए वे बिना सोचे-समझे निर्णय लेते हैं। जब ऐसे निर्णयों का बुरा परिणाम सामने आता है, तब वे कहते हैं, 'हमारे भविष्य का आकार ऐसा हो, यह हम कभी नहीं चाहते थे।'

सही निर्णय की पहचान

हर दिन में छोटे-छोटे निर्णय लेने का अवसर मौजूद होता है। इसलिए हर इंसान को कार्य करने से पहले स्वयं से पूछना चाहिए, *'क्या मैं इस क्षण का चुनाव विकास नियम के अनुसार कर रहा हूँ?'*

अगर आपने इस समय पढ़ाई करना तय किया है लेकिन आप लोगों के साथ गपशप में अपना समय बिता रहे हैं, तो आपने सही निर्णय नहीं लिया है। गपशप में समय गँवाने के निर्णय का असर आपके परीक्षा परिणाम पर अवश्य होगा।

लोग बारीकी से अपने चुनावों के बारे में सजग नहीं होते। वे क्षणिक लाभ के लिए भी गलत निर्णय ले बैठते हैं। क्षणिक लाभ वाले निर्णय से तात्कालिक ख़ुशी तो मिल जाती है लेकिन आगे चलकर हमें अनचाहे परिणाम भुगतने पड़ते हैं।

अगर आप संपूर्ण विकास करना चाहते हैं तो चुनाव करते वक़्त पूर्ण सजग रहें। ऐसे समय निर्णय लेने की कला आपके लिए सर्वोत्तम साधन है। जैसे आपको बताया गया है कि *अपना हर निर्णय लेने से पहले ख़ुद से पूछें*

कि *'क्या मेरा यह निर्णय विकास नियम के अनुसार सही है?'* निर्णय लेने की कला सीखने के बाद आप कभी ग़लत चुनाव नहीं करेंगे। सच ही कहा गया है, जब कोई अपना जीवन सिद्धांतों की नींव पर बनाता है तो 99 प्रतिशत निर्णय अपने आप सही हो जाते हैं।

सही निर्णय लेने की कला

अगर किसी इंसान को नौकरी नहीं मिलती है तो उसके सामने कई विकल्प होते हैं। वह नकारात्मक दृष्टिकोण रखकर दुःखी हो सकता है और भ्रष्टाचार या बदक़िस्मती को दोष दे सकता है। दूसरी ओर, वह सकारात्मक दृष्टिकोण से मनन करने का सही निर्णय ले सकता है कि उसमें क्या कमियाँ हैं, जिनकी वजह से उसे नौकरी नहीं मिली। उसे कौन सी ख़ूबियाँ सीखनी चाहिए, जिनकी बदौलत अगली बार उसे नौकरी मिल जाए। यदि वह यह निर्णय लेता है कि नौकरी न मिलने पर भी वह ख़ुश ही रहेगा और नौकरी मिलने तक के समय का सदुपयोग अपनी योग्यता बढ़ाने के लिए करेगा तो यह उसका उच्चतम चुनाव होगा। दूसरी ओर, यदि वह निम्न चुनाव करता है तो परिणाम भी उसे निम्न ही मिलेंगे।

व्यसनों में डूबा हुआ एक इंसान व्यसनों को जारी रखने का चुनाव करता है और व्यसनों से घिरा हुआ दूसरा इंसान व्यसन मुक्ति केंद्र में पहुँच जाता है। आप जानते हैं कि जो इंसान व्यसन मुक्ति केंद्र में जाने का चुनाव कर रहा है, वह उसके लिए सही चुनाव है। इस तरह एक इंसान के निर्णय से नर्क का निर्माण हो सकता है और दूसरे इंसान के निर्णय से स्वर्ग का निर्माण हो सकता है।

छोटे चुनाव सही होंगे, तो बड़ा चुनाव सही होगा

व्यायाम के समय आप टी.वी. पर क्रिकेट मैच या कोई दूसरा कार्यक्रम देखने लगते हैं और व्यायाम को कल पर टाल देते हैं। आप तकरीबन यही कार्य रोज़ करते हैं और व्यायाम से बचने के नित नए बहाने खोज लेते हैं। इस तरह आप छोटे कष्ट से बचकर तात्कालिक सुख प्राप्त कर लेते हैं। आप एक अनचाहे कार्य से तो बच जाते हैं लेकिन परिणामस्वरूप आपको अनचाहा परिणाम मिलता है। इससे या तो आप मोटे हो जाते हैं या फिर आपको कोई शारीरिक व्याधि हो जाती है। यदि आप सही समय पर सही निर्णय लेकर

व्यायाम कर लेते, तो आप रोग के दूरगामी कष्ट से बच सकते थे और आपको संपूर्ण स्वास्थ्य प्राप्त हो सकता था।

इन सारे उदाहरणों से यह समझ प्राप्त करें कि जब आपके छोटे-छोटे निर्णय सही होंगे, तब आपके बड़े निर्णय भी सही साबित होने लगेंगे। इसलिए आत्मविकास करने के लिए छोटे-छोटे निर्णय लेने तुरंत शुरू कर दें।

दूसरों की ग़लती से अपना निर्णय न बदलें

एक लड़की ने किसी को मोबाइल पर मैसेज भेजा। वह मैसेज ग़लती से किसी और लड़के को मिला। वह लड़का नहीं जानता था कि मैसेज किसने भेजा है, इसलिए वह उस लड़की को अगला मैसेज भेजता है, 'क्या हम एक-दूसरे को जानते हैं? क्या हम मिल सकते हैं?' इसके बाद उन दोनों में मैसेजेस का सिलसिला शुरू हो जाता है। उस वक़्त वे दोनों ही यह नहीं जान पाते हैं कि वे अपने लिए योग्य चुनाव नहीं कर रहे हैं।

कई बार लोग अपने मित्रों की राय से भी ग़लत निर्णय ले लेते हैं और बाद में उन्हें पता चलता है कि उन्होंने कितना बेहोशीभरा जीवन जिया। सही प्रेरणा पाकर कोई इंसान उच्चतम चुनाव की तरफ़ जाता है लेकिन किसी और की ग़लती की वजह से वह फिर से निम्न चुनाव करने लगता है। इसलिए इस बात का ध्यान रखें कि किसी और की वजह से निम्न चुनाव कभी न करें।

आपके निर्णय आपका आइना हैं

इंसान के निर्णय ही उसके बारे में ख़बर देते हैं। अगर कोई आपको गाली देता है तो उस वक़्त आप उसे कैसा प्रतिसाद देते हैं, इससे आपके बारे में पता चलता है। आपका हर चुनाव आपके बारे में बताता है कि आप स्वयं को क्या मानकर जी रहे हैं। शुरुआत में सही निर्णय लेने में आपको कोशिश (मानसिक कसरत) करनी पड़ेगी लेकिन आगे चलकर यह बहुत सहज हो जाएगा।

हमेशा आपकी कोशिश यही रहनी चाहिए कि आपके ज़्यादा से ज़्यादा निर्णय उच्चतम हों। पहले तो यह कोशिश करें कि दस में से दो निर्णय उच्चतम हों, फिर चार हो जाएँ, फिर आठ हो जाएँ। इस तरह बहुत जल्द आप देखेंगे कि आपका हर निर्णय विकास नियम के अनुसार उच्चतम चुनाव होगा।

5

विकास नियम का महामंत्र

निरंतर कोशिश करना सफलता की गारंटी है।

किसी पत्थर को तोड़ने के लिए यदि सौ हथौड़े मारने की आवश्यकता है तो इसका अर्थ यह नहीं है कि सौवें प्रहार से ही सफलता मिली। पत्थर पर मारे गए पहले निन्यानवे प्रहार भी उतना ही महत्त्व रखते हैं, जितना कि आखिरी प्रहार। पहले प्रहार के बाद परिणाम आते न देख कोई प्रहार करने का कार्य छोड़ दे तो इसका अर्थ है कि वह जीवन का विकास मंत्र नहीं जानता। अपने जीवन में इस विकास मंत्र का उपयोग करें, *'निरंतरता ही सफलता की कुंजी है।'*

विकास नियम के अनुसार, *'हर एक इंसान और वस्तु में उच्च संभावना मौजूद है जिसे प्रकट होना है।'* और इस संभावना को प्रकट करने में विकास मंत्र की अहम भूमिका है। हर दिन या हर हफ़्ते में तीन-चार दिन व्यायाम करने वाला इंसान स्वास्थ्य प्राप्त करता है। हर दिन पढ़ाई करने वाला विद्यार्थी परीक्षा में अद्‌भुत सफलता प्राप्त करता है। हर दिन मनन करने वाला इंसान जीवन के सारे रहस्य जान जाता है। हर दिन मेहनत करने वाला इंसान धन प्राप्त करता है। हर दिन अभ्यास करने वाला कलाकार विश्व कीर्तिमान स्थापित करता है।

इस तरह विश्व के सारे प्रशिक्षणों का मूल तत्त्व है, निरंतरता। विकास के लिए स्वयं में निरंतरता का गुण विकसित करें। जो लोग निरंतरता से कार्य करते हैं, वे जीवन में सफल इंसान के रूप में पहचाने जाते हैं। इसलिए जीवन

में निरंतरता से कार्य करने वाले इंसान के रूप में अपनी पहचान बनाएँ। निरंतरता के चमत्कार को एक उदाहरण से समझते हैं।

एक इंसान किसी ख़ज़ाने की तलाश में एक पहाड़ पर चढ़ रहा था। उसके हाथ में कुछ नक़्शे थे, ख़ज़ाने का नक़्शा था और कुछ किताबें थीं। वह ख़ज़ाने को ढूँढ़ने निकला था। पहाड़ पर चढ़ते वक़्त कभी बिजली कड़कती थी तो कभी बारिश होती थी। कोई न कोई तकलीफ़ होती रहती थी।

यह सब देखते हुए उसके मन में इच्छा जागी कि 'कहीं कोई जगह मिल जाए जहाँ बैठकर मैं पुस्तक पढ़ूँ और नक़्शे का अध्ययन करूँ... कोई ऐसा स्थान मिल जाए।'

अब वह थोड़ा और ऊपर बढ़ा तो उसने सामने से आता हुआ बड़ा पत्थर देखा। जिस रास्ते से वह ऊपर चढ़ रहा था, उसी रास्ते से बड़ा पत्थर नीचे आ रहा था। यह देखकर उसने डर के मारे ज़ोरदार छलाँग मारी। पत्थर थोड़ा आगे जाकर रुक गया। उसकी धड़कन बढ़ गई और वह उस पत्थर को देखकर सोचने लगा, 'यदि यह पत्थर और नीचे आया होता तो मेरी बुरी हालत हुई होती।'

यह सोचकर वह ऊपर जाना छोड़ देता है। निरंतरता छोड़ देता है और वापसी का रास्ता चुनता है। वह ऐसा इसलिए करता है क्योंकि वह एक रहस्य नहीं जानता। यह रहस्य क्या है, आइए इसे समझें।

वह इंसान नहीं जानता था कि पत्थर कहाँ से आया था? दरअसल पहाड़ के ऊपर एक गुफ़ा थी, जिसके मुँह पर यह पत्थर रखा हुआ था। जब उस इंसान ने प्रार्थना शुरू की कि 'ऐसी एक जगह मिलनी चाहिए, जहाँ मैं बैठकर पुस्तक पढ़ूँ और नक़्शे का अध्ययन करूँ।' उसकी प्रार्थना की वजह से पत्थर गुफ़ा के दरवाज़े से हिला। प्रार्थनाओं में ताक़त है, प्रार्थनाएँ पत्थर हिलाती हैं। वह पत्थर वहाँ से हिलकर नीचे आया और ऊपर गुफ़ा खुल गई। अगर वह इंसान निरंतरता का महत्त्व जानता और पहाड़ पर चढ़ना जारी रखता तो वह उस गुफ़ा तक पहुँच जाता।

ठीक यही ग़लती हम अपने जीवन में करते हैं। इंसान समस्या के पत्थरों को देखकर निरंतरता को छोड़ देता है। जबकि समस्याएँ तो बल देने आती

हैं। आपको समस्याओं से बल मिलता है। किसी की नौकरी छूटती है तो उसे बल मिलता है कि 'अब मैं अपना बिज़नेस करूँगा और सफल होकर दिखाऊँगा।' यही बल इंसान को आत्मनिर्भर बनाता है।

लोगों से ग़लती यह होती है कि वे समस्या पर ही ध्यान देते हैं। वे समस्या पर इतना मनन करते हैं कि निराशा उन्हें घेर लेती है। निराशा के कारण आता हुआ समाधान भी रुक जाता है।

निरंतरता का रहस्य जानने वाले लोग आगे बढ़ते हैं और उन्हें पूर्ण रहस्य पता चलता है कि उनकी प्रार्थनाएँ कैसे पूरी हो रही हैं। हमें समस्याओं से ध्यान हटाकर वर्तमान पर ले आना चाहिए। वर्तमान में हमें रास्ते दिखाई देंगे।

निरंतरता के महत्त्व को जानते हुए, अब इस पर कार्य शुरू करें। जो भी काम हम शुरू करने जा रहे हैं, उसे रोज़ करने की ठानें। यदि ध्यान करने की ठानें तो रोज़ दस मिनट ध्यान करें। व्यायाम करने का सोचें तो रोज़ व्यायाम करें ही। चाहें तो यह भी ठान सकते हैं कि 'मैं हफ़्ते में पाँच दिन ध्यान करूँगा, व्यायाम करूँगा।' आप जो भी आदत अपने अंदर डालना चाहते हैं, उस पर निरंतरता से काम करें।

आप कोई हुनर, कोई कला स्वयं में लाना चाहते हैं तो उसके लिए रोज़ समय दें। संगीतकार बनना है तो निरंतरता से रियाज़ करें। लोग बहुत कुछ शुरू तो कर देते हैं परंतु बीच में ही बंद कर देते हैं। विशेष तौर पर सुस्त लोग ऐसा करते हैं। तो आइए, निरंतरता के इस रहस्य को थोड़ा और समझें।

> एक इंसान की किडनी में स्टोन है लेकिन उसे पता नहीं है। उसने अपने स्वास्थ्य को ध्यान में रखते हुए ठान लिया, 'मैं निरंतरता से रोज पानी पीऊँगा, स्वास्थ्य के लिए यह अच्छी आदत है।' वह रोज़ पानी पीने लगा। धीरे-धीरे वह पानी बढ़ता गया। इस आदत के कारण उसका किडनी स्टोन पिघलने लगा। वह थोड़ा छोटा हो गया। छोटा हो गया तो उसे हिलने की जगह मिल गई। स्टोन के हिलने के कारण उसे दर्द होना शुरू हो गया। समझदार इंसान होगा तो निरंतरता जारी रखेगा यानी पानी पीना जारी रखेगा। जिसे यह जानकारी ही नहीं है, निरंतरता का रहस्य मालूम ही नहीं है उससे क्या ग़लती होगी, 'अरे! पानी पीने से गड़बड़

हो गई। अब से पानी पीना बंद।' जो पानी पीना जारी रखता है वह उस पत्थर से मुक्त हो जाता है। वह पत्थर पिघलकर यूरिन से निकल जाता है।

इसमें कॉमन सेंस ज़रूर रखें कि निरंतरता से शुद्ध पानी पिएँ। निरंतरता के बीच में ऐसा समय आएगा जब समस्याओं के पत्थर लुढ़ककर आपके पास आ जाएँगे तो उनसे घबराएँ नहीं। इन पत्थरों को शुभ समझें। समस्या से आपको बल प्राप्त होगा।

निरंतरता को अपने विकास का महामंत्र कैसे बनाया जाए, इस मामले में प्रख्यात यूनानी वक्ता डेमोस्थनीज एक मिसाल हैं। वे हकलाकर और अटक-अटककर बोलते थे। वक्ता बनने की ख़ातिर उन्होंने अपने दोष दूर करने का बीड़ा उठाया। अपनी हकलाहट को दूर करने के लिए डेमोस्थनीज अपने मुँह में कंचे रखकर बोलने का अभ्यास करते थे। बोलते समय चेहरा विकृत न हो, इसके लिए वे आइने में देखकर बोलने का अभ्यास करते थे। उच्चारण स्पष्ट रहे इसलिए वे ऊँची पहाड़ियों पर दौड़ लगाते समय बोलने का अभ्यास करते थे ताकि उनकी क्षमता बढ़े और उनके फेफड़े मज़बूत बनें। अपनी आवाज़ को बुलंद करने के लिए वे समुद्र की लहरों के शोर के बीच बोलते थे ताकि उन्हें सार्वजनिक सभा के शोर से ऊँचा बोलने की आदत पड़ जाए। उनके लगातार अभ्यास और परिश्रम की वजह से उन्होंने अपनी नैसर्गिक कमज़ोरी पर विजय पाई और यूनान के महानतम वक्ताओं में से एक बन गए।

जो दुःखी होता है वह समाधान को आकर्षित नहीं करता। ख़ुश होकर ही समाधान को लाया जा सकता है। आपके जीवन में जो भी आप चाहते हैं, सब आ रहा है लेकिन रास्ते में रुका हुआ है क्योंकि इंसान दुःखी होकर बैठा है। अगर वह फिर से ख़ुश होने का रहस्य जान जाए... निरंतरता से अपने आपको, अपने विचारों को ख़ुश रख पाए... हैपी थॉट्स रख पाए तो वह देखेगा कि जीवन में संपूर्ण विकास होने लग गया है।

6

बड़े विकास की छोटी शुरुआत

जीवन का हर छोटा कार्य सफलता की तरफ़
उठा हुआ छोटा क़दम होता है,
इसलिए अपने छोटे-छोटे कार्यों को अरुचि से न देखें।
अपनी हर क्रिया में रुचि लाएँ।
अपने हर कर्म का मेल अपने लक्ष्य के साथ
बिठाने की योजना बनाएँ।

1927 में मिस्टर लिंडबर्ग ने एक बहुत बड़ा काम कर दिखाया, जब उन्होंने न्यूयॉर्क से पेरिस तक की 3,600 मील लंबी हवाई यात्रा साढ़े तैंतीस घंटे में पूरी करके इतिहास रच दिया। सिर्फ़ चार सैंडविच और दो बोतल पानी के साथ यात्रा करते हुए जब लिंडबर्ग 21 मई की रात को साढ़े दस बजे पेरिस पहुँचे तो एक लाख लोग उनका स्वागत करने के लिए इंतज़ार कर रहे थे।

1926 में लिंडबर्ग अमेरिका के मेल पायलट थे, जो हवाई जहाज़ में डाक एक जगह से दूसरी जगह पहुँचाते थे। उन्होंने एक बार यह ख़बर सुनी कि जो पायलट न्यूयॉर्क से पेरिस की हवाई यात्रा बिना कहीं रुके पूरी करेगा, उसे 25,000 डॉलर का 'ओरटीग' पुरस्कार दिया जाएगा।

लिंडबर्ग ने निश्चित किया कि वे यह काम कर दिखाएँगे। वे इस दिशा में तुरंत ही सक्रिय हो गए और तैयारी करने लगे। उन्होंने सबसे पहले तो कार्य की कठिनाई का आकलन किया। काम मुश्किल था और इस प्रयास में छह लोगों की जान पहले ही जा चुकी थी। उनमें से अधिकांश की मृत्यु इसलिए हुई क्योंकि उनके विमान का भार ज़्यादा था और उसमें दो पायलट बैठे थे। इस समस्या से बचने के लिए लिंडबर्ग ने कम भार वाले विमान को बनवाने का निश्चय किया, जिसमें केवल एक इंजन और एक पायलट हो। विमान सैन डिएगो में बन रहा था?

कई बार उनका मित्र सैम्युअल्स भी उनके साथ सैन डिएगो जाता था। दोनों दोस्त रात को एक छोटे होटल में ठहरते थे। एक बार आधी रात के बाद सैम्युअल्स की नींद खुली। उसने देखा कि लिंडबर्ग खिड़की के पास बैठकर तारों को निहार रहे हैं। सैम्युअल्स ने पूछा, 'तुम आधी रात को वहाँ बैठकर क्या कर रहे हो?' लिंडबर्ग ने जवाब दिया, 'अभ्यास कर रहा हूँ।' इस पर सैम्युअल्स ने हैरानी से पूछा, 'किस चीज़ का अभ्यास कर रहे हो?' लिंडबर्ग का जवाब था, 'रातभर जागने का!'

किसी भी क्षेत्र में सफलता तभी मिलती है, जब मनुष्य उसके लिए पूरी तैयारी करे। चार्ल्स लिंडबर्ग ने उस ऐतिहासिक कार्य को अंजाम तक पहुँचाने के लिए पूरी तैयारी की थी। उन्होंने कम भार वाला विशेष विमान बनवाया ताकि दुर्घटना की आशंका कम रहे। यही नहीं, उन्होंने छोटी-छोटी बातों पर भी पूरा ध्यान दिया और रातभर जागने की आदत डाली क्योंकि वे जानते थे कि एक पायलट वाले विमान में उन्हें लगातार डेढ़-दो दिन तक जागना होगा। लिंडबर्ग ने अपनी तैयारी में कोई कसर बाक़ी नहीं रखी। यही वजह थी कि वे उस ऐतिहासिक कार्य को करने में सफल हुए, जिसमें बाक़ी लोग असफल हो चुके थे।

अगर आप सफलता पाना चाहते हैं, तो आपको उसकी तैयारी करनी होगी। ध्यान रहे, हमें पहले छोटी-छोटी बातों की तैयारी करनी चाहिए और

बाद में यह काम हमारे लिए आसान बन जाता है। इंसान का स्वभाव होता है कि वह आसान कार्य करने के लिए प्रेरित होता है, मुश्किल कार्य के लिए सहजता से प्रेरित नहीं होता। हम उन कार्यों को करना अधिक पसंद करते हैं, जो आसान दिखते हैं। इसलिए अपने सामने आने वाले किसी भी मुश्किल कार्य को आसान हिस्सों में बाँटने की कला सीखें। जब आप स्वयं को दिखा पाते हैं कि जो आप करने जा रहे हैं, वह कठिन नहीं बल्कि आसान है, तब स्वतः ही कार्य करने की प्रेरणा मिलती है। जब कार्य कठिन दिखता है, तब हम उससे बचना चाहते हैं। एक इंसान निश्चय करने के बाद भी रोज़ व्यायाम नहीं कर पाता क्योंकि यह कार्य उसे मुश्किल लगता है। लेकिन मनन करने के बाद उसे व्यायाम करना इतना आसान लगेगा कि आने वाला साल शुरू होने से पहले ही वह व्यायाम करना शुरू कर देगा।

प्रेरणा के संदर्भ में एक महत्त्वपूर्ण बात यह है कि कर्म या क्रिया से इसका गहरा संबंध होता है। जब आपके सामने कोई बड़ा काम होता है तो मन बहाने बनाने लगता है लेकिन जब आप दृढ़ निश्चय और अनुशासन का परिचय देते हुए काम की शुरुआत करते हैं, तो कुछ समय बाद मन उस कार्य में दिलचस्पी लेने लगता है और प्रेरणा स्वतः ही जाग्रत हो जाती है। प्रायः हम यही सोचते हैं कि प्रेरणा की वजह से ही कार्य होते हैं। हम यह समझ ही नहीं पाते हैं कि यह दूसरी तरह से भी उतना ही सही है : कार्य करने की वजह से भी प्रेरणा मिलती है। अर्नेस्ट न्यूमैन ने इसी बात को दूसरी तरह कहा है, 'महान कम्पोज़र प्रेरित होने के कारण काम करने नहीं बैठता। वह तो प्रेरित ही इसलिए होता है क्योंकि वह काम कर रहा होता है। बड़े-बड़े संगीतकार हर दिन अपना काम करने उतनी ही नियमितता से बैठे, जितनी नियमितता से कोई अकाउंटेंट हर दिन हिसाब-किताब मिलाने के लिए बैठता है। प्रेरणा का इंतज़ार करने में उन्होंने अपना समय बर्बाद नहीं किया।'

जैसे एक इंसान पुस्तक लिख रहा है लेकिन उसके पास प्रेरणा का अभाव है। वह इस बात से घबरा जाता है कि वह 300 पन्ने कैसे लिखेगा। उसे इस कार्य को सरल बनाना आना चाहिए। ऐसी स्थिति में जब वह मनन करेगा तो उसे पता चलेगा कि उसे हर दिन सिर्फ़ एक पन्ना ही लिखना है। मनन द्वारा जब वह समय और पुस्तक के आकार की गणना करेगा, तब उसे पता चलेगा कि हर रोज़ सिर्फ़ एक पन्ना लिखने से दस महीने में पूरी पुस्तक

लिखी जा सकती है। अगर वह मनन करके काम को आसान नहीं बनाएगा तो दस महीने तो क्या, दस साल तक इस काम को टालता रहेगा और अंत में इस बात पर अफ़सोस करेगा कि अपने यह काम क्यों नहीं किया। मनन के दौरान वह तय करेगा कि किस समय पर लिखने के लिए बैठा जाए और बैठने से पहले उसे दो लोगों से बातचीत करनी है। लिखने के लिए बैठने से पहले वह कुछ सवाल बनाएगा और उन सवालों पर सर्वेक्षण करेगा। उस सर्वे क्षण में जो बातें सामने आएँगी, वे बातें उसे पेपर पर उतारनी हैं। इस मनन के बाद उसे उसका कार्य बहुत छोटा लगने लगेगा और वह इसे करने के लिए प्रेरित हो जाएगा। अब उसके दिमाग़ में पुस्तक लिखने का तनाव नहीं होगा।

अगर उस इंसान का कार्य इतना सहज होगा तो उसे पुस्तक लिखने के लिए किसी ख़ास वातावरण या मूड की आवश्यकता नहीं होगी।

इतनी सहजता से कार्य पूरा होने के लिए लेखक को स्वयं से सवाल पूछने की आदत डालनी होगी कि *'मुझे यह कार्य करना है, यह कार्य मैं कैसे कर पाऊँगा?* मुझे पुस्तक लिखनी है, वह मैं कैसे लिख पाऊँगा? एक दिन में पुस्तक का कितना हिस्सा लिखा जा सकता है? एक दिन में कम से कम कितना कार्य हो सकता है? मुझे कौन सी बातें लिखनी हैं? ये सारी बातें इकट्ठी करने के बाद पुस्तक का रूप कैसा होगा? उसका ढाँचा कैसे बनेगा?' इन सवालों पर मनन करने के बाद हर महीने के अंत में वह अपना कार्य पूर्ण करेगा और पुस्तक को आकार देना शुरू कर देगा। अगर हर दिन कार्य करते हुए भी उसे कोई आकार दिखाई नहीं दिया तो भी वह हर रोज़ एक पन्ने पर कार्य करता रहेगा।

ये सारी बातें तभी हो पाएँगी, जब उसका मनन स्पष्ट रूप में होगा। मनन के बाद उसे यह महसूस होगा कि पुस्तक बन गई है...! यह कितना आसान है...। इसी बात को एक और उदाहरण से जानते हैं।

> किसी इंसान को व्यायाम के दौरान 10 किलो वज़न दो पल के लिए उठाना है। वज़न उठाने के लिए वह कई बार सोचता है लेकिन उससे वज़न उठता नहीं है या उसे याद नहीं आता। फिर वह अपने घर के दरवाज़े के बाजू में ही एक जगह बनाता है और उसमें 10 किलो का वज़न रख देता है। वज़न रखने के बाद वह

स्वयं में यह आदत डाल लेता है कि बेल बजाने से पहले उसे वज़न उठाना है और फिर बेल बजानी है। जब तक दरवाज़ा खुले तब तक वज़न उठाने का व्यायाम करते रहना है। इस व्यवस्था के बाद उसे वज़न उठाना इतना आसान लगेगा कि वह कहेगा, 'हाँ, इतना तो हो ही जाएगा।'

अगर आपको लगता है कि आपका आध्यात्मिक विकास, ध्यान नहीं हो रहा है, तो उस कार्य को इतने छोटे-छोटे हिस्सों में बाँटें कि ध्यान करना आपको बहुत आसान लगे। यह कार्य करने के लिए अगर आपने सिर्फ़ दो मिनट का समय रखा तो आप आसानी से वह कार्य दो मिनट तक कर पाएँगे।

ऊपर दिए गए वज़न उठाने के उदाहरण में वह इंसान कुछ सेकन्ड के लिए स्वयं को बेल बजाने से रोक सकता है। जब वह पाँच सेकन्ड के लिए वज़न उठा पाएगा, तब पाँच के दस सेकन्ड होना बहुत आसान हो जाएगा। वज़न उठाना उसकी पसंदीदा आदत बन जाएगी और वह आनंद तथा उत्साह से उस कार्य को करने लग जाएगा। आगे चलकर वह पाँच सेकन्ड का समय जितना चाहे बढ़ा सकता है।

किसी इंसान के मन में यह शंका आ सकती है कि मनन करने के बाद कार्य शुरू हो जाएगा, लेकिन कुछ दिन कार्य करने के बाद उसे आलस आने की संभावना है। अगर आपको लगता है कि आपके साथ ऐसा होने की आशंका है, तो आप जो कार्य करना चाहते हैं, उसे इतने छोटे हिस्सों में विभाजित करें कि आलस आने की संभावना ही न बचे। आपको जो कार्य करना है, उसके लिए इतना छोटा समय तय करें कि हर दिन आप बहुत आसानी से वह समय दे पाएँ। जब आप निरंतरता से वह छोटा समय देंगे, तब आगे उसी कार्य के लिए ज़्यादा समय देना आपको बहुत आसान लगेगा।

जैसे आपके पास किसी मोटे धागे का एक पतला सिरा है। जब आपको वह पतला सिरा मिल जाता है तो आप उसे खींचते-खींचते आगे बढ़ते हैं, क्योंकि उसी पतले धागे के सिरे पर मोटा धागा बँधा हुआ है। आप पतला धागा खींचना सीख गए तो मोटा धागा उसके पीछे-पीछे आ ही जाएगा। आप यह जानते नहीं हैं कि मोटे धागे के आगे सुतली बँधी हुई है, उस सुतली के आगे रस्सी बँधी हुई है और उस रस्सी के आगे रस्सा बँधा हुआ है। जब

आप उसे भी खींचते जाएँगे, तब पता चलेगा कि उस रस्से के आगे लोहे की ज़ंजीर लगी हुई है। इस तरह आप जितना खींचते जाएँगे, उतनी नई-नई चीज़ें आपके सामने आएँगी। ये सारी बातें दिखाई देने का रहस्य है कि आपको पतला धागा खींचना शुरू कर देना है। यदि आपको कोई चीज़ ऊँची दीवार के ऊपर तक पहुँचानी है तो आप पतले धागे को किसी तिलचट्टे (कॉक्रोच) से बाँधकर दीवार पर छोड़ सकते हैं। जिसे आप वह चीज़ पहुँचाना चाहते हैं, उसे पतला धागा खींचते हुए वह चीज़ आसानी से मिल जाएगी। शुरुआत का धागा इतना पतला होगा कि तिलचट्टा भी आसानी से खींच पाएगा। वह अपनी चाल से आगे जाएगा तो उसके साथ पतला धागा, मोटा धागा, रस्सी, रस्सा ये सभी खिंचते जाएँगे। केवल उस पतले धागे के खिंचने से कई बातें हो जाएँगी और वह आपके लिए बड़ी प्रेरणा साबित होगी।

इस उदाहरण से समझें कि बड़े कार्यों की शुरुआत छोटे और आसान क़दमों से हो सकती है। छोटे क़दमों द्वारा आपको धीरे-धीरे बड़ा परिवर्तन दिखाई देने लगेगा, जो कि शुरुआत में शायद आपको असंभव लग रहा हो। आप अपने लिए कई बातें तय करते हैं लेकिन सारी बातें पूरी नहीं कर पाते। इस समस्या का समाधान करने के लिए आपको बहुत छोटी शुरुआत के साथ स्वयं से कार्य करवाना है। एक बार छोटी शुरुआत की आदत पड़ गई तो आगे आप बड़े कार्य भी आसानी से कर पाएँगे। जैसा आप जानते हैं, 'हज़ार मील लंबी यात्रा भी एक क़दम से शुरू होती है।'

7

संकेत समझकर कार्य शुरू करें

हर कलाकार की सफलता का रहस्य है 'अभ्यास'
तो असफलता का रहस्य है 'आलस्य'।

बीसवीं सदी के प्रारंभ में अमेरिका के दक्षिणी राज्यों में कपास की अच्छी फ़सल होती थी। किसान हर साल अपने खेतों में कपास की ही फ़सल लेते थे। लेकिन 1910 में कपास की फ़सल ख़राब हुई क्योंकि फ़सल को कोई रोग लग गया था, जिसने कपास के पौधों को पूरी तरह से नष्ट कर दिया। किसानों को मजबूरन मूँगफली और सोयाबीन की फ़सल लेनी पड़ी। साथ ही उन्हें पशुपालन भी सीखना पड़ा। परिणाम यह हुआ कि किसानों को पहले के मुक़ाबले अधिक लाभ हुआ और वे अधिक संपन्न हो गए। जब फ़सल नष्ट हुई थी, तब किसान बहुत निराश थे लेकिन जब नया विकल्प पुराने विकल्प से बेहतर निकला, तो वे कृतज्ञ हो गए।

अगर कोई घटना हमें बुरी लगती है, तो यह ज़रूरी नहीं है कि उसका परिणाम भी बुरा हो। हो सकता है कि वह हमें कोई नई बात सिखाने के लिए आई हो। यदि किसान कपास ही उगाते रहते, तो उन्हें उतना लाभ नहीं होता, जितना कि बाद में हुआ। यह और कुछ नहीं बल्कि कुदरत का संकेत था, जो उन्हें बदलने के लिए प्रेरित करना चाहती थी।

जीवन में हमें कुदरत द्वारा 'कर्म संकेत' मिलते हैं। कर्म संकेत यानी कुदरत आपसे अपनी भाषा में यह कहती है कि 'अब आप इस विषय पर, इस आयाम पर, अपने जीवन के इस पहलू पर कर्म करें।' जैसे कोई इंसान कभी व्यायाम नहीं करता और एक दिन बीमार होता है तो उसे पता चलता है कि यह बीमारी व्यायाम शुरू करने के लिए कर्म संकेत है। कर्म संकेत मिलने के बाद तुरंत कर्म शुरू हो जाना चाहिए, तमोगुण मिटना चाहिए। जो इंसान सही समय पर कर्म संकेत पहचानकर योग्य कर्म शुरू करता है, वही संपूर्ण विकास करता है।

जिन लोगों ने सही समय पर कर्म संकेत पहचान लिया और उस पर अमल किया, वे जीवन की सारी उपलब्धियाँ प्राप्त कर पाए हैं। क्या आप भी अपने जीवन के सारे आयाम विकसित करना चाहते हैं? क्या आप आज़ादी से प्रेम करते हैं? क्या आप गुलामी के हर कर्म बंधन से मुक्त होना चाहते हैं? यदि हाँ, तो कर्म संकेत के प्रति सजग हो जाएँ। 'कर्म करने की कला सीखने का कार्य' तुरंत शुरू करें।

खण्ड 2

मानसिक विकास पथ

8

आत्मविकास के स्वामी

पाँच नियम और दस गुण

सफल इंसान हर घटना का एक अच्छा पहलू खोज निकालता है,
जिससे उसका उत्साह कभी समाप्त नहीं होता।
उसके लिए साँप भी सीढ़ी बन जाता है, हर समस्या चुनौती बन जाती है।

मनुष्य का मन कभी एक ओर भटकता है तो कभी दूसरी ओर। यह स्थिर नहीं रहता इसीलिए इसे चंचल कहा जाता है। मन की वजह से ही इंसान अपने दृढ़ निश्चयों और संकल्पों पर क़ायम नहीं रह पाता। हमें जब भी किसी प्रकार की दुविधा महसूस हो तो जल्दबाज़ी में कोई भी निर्णय न लेते हुए अच्छी तरह सोच-विचारकर यानी शांत मन से निर्णय लेना चाहिए और उसके बाद ही निर्णय पर अमल करना चाहिए। यदि हम अपने मन पर क़ाबू कर लें तो विकास नियम आपकी मुट्ठी में है क्योंकि तब हम उस एक शक्ति पर विजय पा लेंगे, जो इस राह में सबसे बड़ी बाधा है।

गौतम बुद्ध ने कहा है, 'हम जो हैं, वह सब विचारों का फल है। मन ही सब कुछ है। जो हम सोचते हैं, वही बन जाते हैं।' जैसे विचार, वैसे कार्य, वैसे परिणाम। विचार बीज हैं, जिनसे हमें परिणामों की फ़सल मिलती है। इस तरह हम देखते हैं कि इंसान के मानसिक स्तर के आधार पर ही अन्य स्तरों का विकास होता है। मानसिक स्तर आपके जीवन की नींव है। इस नींव

को मज़बूत करना आपकी ज़िम्मेदारी है। इस नींव को मज़बूत करने के बाद आप जीवन के बाक़ी स्तरों में आसानी से विकास कर पाएँगे इसलिए शुरुआत मानसिक विकास से करते हैं।

इंसान का मन कुदरत की सर्वोत्तम रचना है। यह मन हर शरीर में अलग-अलग ढंग से लेकिन एक जैसे विकारों के साथ कार्य करता है। विकास पथ पर चलते हुए आपको अपने मन की आदतों को पहचानकर उसे दृढ़, निर्मल, आज्ञाकारी तथा प्रेमपूर्ण बनाना है। गुस्सा, द्वेष, ग्लानि, चिंता, भय, तुलना जैसे सभी विकारों से मुक्ति पाना, यह विकास पथ पर उठाया गया महत्त्वपूर्ण क़दम है।

> एक बार एक इंसान को किसी अँधेरी गुफ़ा में रात गुज़ारनी पड़ी। मन ही मन वह बेहद डरा हुआ था। अचानक उसे महसूस हुआ कि उसके नज़दीक ही कहीं साँप भी मौजूद है। डर के मारे उसे पसीना छूटने लगा। इस विचार की वजह से वह रातभर सो नहीं पाया। डर-डरकर और सिकुड़कर उस गुफ़ा में बैठे हुए वह सुबह का इंतज़ार करने लगा। जब सुबह हुई तो उसे पता चला कि रात के अँधेरे में जो उसे साँप प्रतीत हो रहा था, वह हक़ीक़त में रस्सी थी। केवल साँप के विचार की वजह से ही वह रातभर डरता रहा।

ऐसी ही बात इंसान के मन के साथ भी है। माया के अँधेरे में जब आप कुछ सोचते हैं, तो भयभीत हो जाते हैं लेकिन जब सत्य की रोशनी में, मनन के प्रकाश में, आस-पास के परिवेश और वस्तुओं को देखते हैं तो सब कुछ साफ़ दिखाई देने लगता है। क्या इस वक़्त समस्या की कोई छोटी रस्सी आपको बड़ा साँप तो नहीं लग रही है? इस पर मनन गुफ़ा में जाकर दर्शन करें।

मनन गुफ़ा (अंतर्मन) ऐसी ही एक गुफ़ा है, जिसमें प्रवेश करते वक़्त आपको यह पता नहीं होता कि अंदर क्या मिलेगा। असत्य के अँधेरे में तिनका भी तूफ़ान लग सकता है इसलिए हमेशा सत्य के प्रकाश में आत्म विश्लेषण करें। इससे नई दिशा और संतुष्टि मिलती है।

अंतर्मन की गुफ़ा में प्रवेश करने के लिए कुछ नियमों का पालन करना ज़रूरी है। इन नियमों के बग़ैर हर कोशिश व्यर्थ है। क्या आप इन नियमों का पालन करने के लिए तैयार हैं?

प्रवेश नियम

1. अंतर्मन में प्रवेश करते वक़्त आपको यह तय करना है कि आप कितने समय तक वहाँ पर रुकने वाले हैं। इस बात का पूरा ख़याल रखें कि गुफ़ा में चले जाने की वजह से आपके बाक़ी कार्यों में दिक़्क़त न आए।

2. अगर आपने पहले नियम में अनियमितता बरती तो आप वहाँ तक नहीं पहुँच पाएँगे, जहाँ पर आपको पहुँचना चाहिए इसलिए हमेशा समय सीमा तय करें तो बेहतर होगा।

3. अंतर गुफ़ा में आलसी लोगों को प्रवेश की अनुमति नहीं है। अगर आप अपना आलस बाहर रखकर अंदर प्रवेश करें तो ही आगे का सफ़र आसानी से हो सकता है। जिस क्षण आलस गुफ़ा में प्रवेश करेगा, उस क्षण आप स्वयं को गुफ़ा के बाहर पाएँगे। आलस इंसान का शत्रु है, उसकी प्रगति में बाधक है। बेंजामिन फ्रैंकलिन, जिन्हें आत्मविकास का स्वामी माना जाता है, ने यही *बात जानकर कहा था कि 'आलस वह मृत सागर है, जो सभी सद्गुणों को निगल लेता है।'* इसलिए आलस त्यागकर ही विकास की तैयारी करें। रोज़ थोड़ा-थोड़ा पठन अवश्य करें।

4. आत्म अवलोकन करने के लिए आपमें लेखन की आदत का होना बहुत ज़रूरी है। हमेशा विकास डायरी, पेन, लैपटॉप जैसे लेखन साधनों के साथ ही इस गुफ़ा में प्रवेश करें। अनलिखा मनन बाद में व्यर्थ साबित होता है क्योंकि भूल जाने की वजह से उसे क्रियारूप नहीं मिलता। इंसान के मन में हर दिन हज़ारों विचार आते हैं इसलिए महत्त्वपूर्ण विचारों को लिखने की आदत डालें ताकि वे खो न जाएँ।

5. अंतर्मन में बाक़ी विचारों को प्रवेश करने दें। इस समय के दौरान मन में सच्चे विकास के विचारों के अलावा और किसी भी विचार को प्रवेश की अनुमति नहीं होती। जिस क्षण आप मनन के अलावा बाक़ी विचारों की तरफ़ ध्यान देंगे, उस क्षण आप कार्य में असफल हो जाएँगे।

चेतावनी – गहराई तक पहुँचने के बाद कई बार आपकी भावनाएँ तीव्र होने की संभावना है क्योंकि आप जीवन के हर क्षेत्र और समय के बारे में सोचने वाले हैं। हो सकता है कि भूतकाल पर सोचते-सोचते आपके सामने

कुछ ऐसी घटनाएँ आएँ, जिनकी वजह से आपको तकलीफ़ हो, दुःख हो, गुस्सा आए या आपका मन भावनाओं से भर जाए।

ऐसे समय पर थोड़ी सावधानी बरतें। ऐसे में स्वयं को बताएँ कि इस वक़्त आप अंतर गुफ़ा में हैं और अपने विकास के लिए स्वयं की सोच को दिशा दे रहे हैं। यह भूतकाल में की गई ग़लतियों पर रोने या लोगों को कोसने का समय नहीं होता। अगर आपने ऐसा किया, तो आप विकास की कार्य योजना नहीं बना पाएँगे। ऐसी अवस्था आए, तो तुरंत कुछ क्षण साँस पर ध्यान केंद्रित करें, आती-जाती साँस को बस देखते रहें, फिर स्वयं को सजग करें, हिम्मत दें और आगे बढ़ें।

विकास पथ पर चलने के दस आवश्यक गुण

विकास नियम के अनुसार अपनी उच्च संभावनाओं को हासिल करने के लिए स्वयं में ये दस गुण लाएँ :

1. **ईमानदारी** – आत्मविकास के लिए सबसे आवश्यक गुण है स्वयं के साथ ईमानदारी। अगर आप स्वयं के साथ कपट करते हैं तो मनन का कोई फ़ायदा नहीं होगा। विकास की राह पर चलने वाले लोग कभी बहाने नहीं बनाते या अपनी ज़िम्मेदारी से नहीं बचते। वे हमेशा ईमानदारी की राह पर चलते हुए आगे बढ़ते हैं।

2. **स्वीकार भाव** – विकास पथ पर चलते हुए आप स्वयं के बारे में बहुत सारी नई बातें जानेंगे। जब स्वयं के अच्छे गुण आपके सामने आएँगे, तब आपको ख़ुशी होगी। जब आपको अपनी कमियाँ दिखाई देंगी, तब तकलीफ़ होगी। विकास करते हुए ऐसे सच सामने आएँगे, जिन्हें आप आसानी से स्वीकार नहीं कर पाएँगे। ऐसे समय पर जो सच आपके सामने आएँ, उन्हें ईमानदारी से स्वीकार करें।

3. **अनुभव पर भरोसा** – इंसान को अपने अनुभव पर भरोसा रखना चाहिए। लेकिन यह अनुभव सत्य पर आधारित होना चाहिए। सच से मुँह मोड़कर आप जीवन में कभी आगे नहीं बढ़ सकते इसलिए हमेशा वास्तविकता के आधार पर आगे बढ़ें। हमेशा सच्चे अनुभव पर भरोसा रखें।

4. **दृढ़ विश्वास** – विश्वास की शक्ति से ही विश्व का हर कार्य पूरा होता है। विकास पथ पर चलते हुए आप जो निर्णय लेंगे, वे विश्वास के आधार पर ही पूरे हो सकते हैं इसलिए हमेशा अटूट विश्वास रखें। विश्वास की शक्ति से पत्थर भी हिल जाते हैं। विश्वास की शक्ति से असंभव कार्य संभव हो पाते हैं इसलिए अपना विश्वास कभी टूटने न दें। महात्मा गाँधी का यह कथन याद रखें, *'विश्वास कोई नाज़ुक फूल नहीं है, जो ज़रा से तूफ़ानी मौसम में कुम्हला जाए; वह तो अटल हिमालय के समान है, जिसे बड़े से बड़ा तूफ़ान भी नहीं हिला सकता।'*

5. **अहंकार शून्यता** – स्वयं में कभी भी अहंकार को प्रवेश न करने दें। अहंकार विकास का सबसे बड़ा दुश्मन है। अहंकार से लिया हुआ हर निर्णय आगे चलकर ग़लत सिद्ध होता है इसलिए अहंकार के रोग से हमेशा दूर रहें। अहंकार के पिछले दरवाज़े से प्रवेश करने की संभावना हमेशा बनी रहती है। इस बात को ध्यान में रखते हुए हर क्रिया भक्ति से करें। भक्ति की शक्ति से ही अहंकार का नाश होता है।

6. **संवेदनशीलता** – आस-पास के लोगों को दु:ख देकर आज तक कोई इंसान सुखी नहीं हो पाया है। बेहतर रिश्ते आपके विकास की नींव है, सीढ़ी नहीं। रिश्तों को केवल अपने सुख की सीढ़ी समझकर आगे बढ़ना जीवन की सबसे बड़ी ग़लती साबित हो सकती है। इस बात का हमेशा ध्यान रखें और संवेदनशीलता बनाए रखें।

7. **ज़िम्मेदारी** – दूसरों को दोष देना ऐसा रोग है, जिससे जीवन बिखरता जाता है। अपना जीवन सँवारने के लिए कभी दूसरों को दोष न दें। स्वयं के विकास के लिए ख़ुद ही क़दम उठाएँ। औरों को दोष देकर आप सिर्फ़ अपनी ग़लतियाँ छिपा सकते हैं लेकिन स्वयं को बदल नहीं सकते। किसी घटना में आप बड़ी आसानी से कहते हैं कि 'दोष मेरा नहीं, सामने वाले का है' लेकिन क्या आप जानते हैं कि दोष दूसरों में है, इस विचार में ही दोष है। आपके जीवन में हुई घटनाओं के लिए आप स्वयं ज़िम्मेदार हैं, इस आधार पर आत्मावलोकन करें।

8. **गुण और गुर** – पुराने का गुण और नए की तकनीक जब दोनों मिलते

हैं, तब एक तीसरी चीज़ तैयार होती है, 'ब्राइट न्यू लाइफ़, तेजस्वी नया जीवन'।

नए जीवन में नए बनकर यदि आपने अपने गुणों में कोई बदलाव नहीं किया, सिर्फ़ शक्ल बदलकर अपने आपको सबसे अलग समझा, तो आप पुराने जीवन में जी रहे हैं। दरअसल विकास पथ पर आपका हुलिया नहीं बल्कि हृदय बदलेगा। इसलिए विकास करने के लिए आपको पुराने के गुण तथा नए के गुर ग्रहण करने चाहिए।

9. **नए पर फ़ोकस** – नए को अपने अंदर आने दें और अपना फ़ोकस धूल, ईंट और सीमेंट के टुकड़ों पर न रखें। अपना ध्यान इस दृश्य पर रखें कि जब वह नई चीज़ बन चुकी होगी, तब कैसी दिखेगी। जब नया आ चुका है, तब वह कैसा दिखेगा, उस पर ध्यान रखें।

उदाहरण – आप नहाने जा रहे हैं और सोच रहे हैं कि अंदर ठंडा पानी होगा और आज तो साबुन भी लगाना है, मालिश भी करनी है। ये सब सोच-सोचकर आप कहेंगे कि 'आज नहीं, कल नहाएँगे।' लेकिन दूसरी ओर, अगर आप यह सोचेंगे कि नहाने के बाद आप कैसे लगते हैं, आप कितना तरोताज़ा, आकर्षक और ऊर्जावान महसूस करते हैं, तैयार होने के बाद आप कितना अच्छा महसूस करते हैं, तब आपको नहाने में उत्साह आएगा।

10. **लचीली बुद्धि** – नया बनना तब आसान है, जब इंसान की बुद्धि लचीली हो। लचीली बुद्धि यानी किसी घटना, वस्तु, पहलू, मुद्दे को नए दृष्टिकोण से देख पाना। भगवान महावीर से एक दिन किसी ने सवाल पूछा, 'ज़्यादा सोना अच्छा है या बुरा है?' भगवान महावीर ने जो जवाब दिया, वह नए दृष्टिकोण को दर्शाता है। भगवान महावीर ने जवाब दिया, 'एक बुरा इंसान जिससे समाज में हिंसा फैलती है, वह यदि ज़्यादा सोता है तो यह अच्छा है क्योंकि जितनी देर वह सोया रहेगा, उतनी देर समाज और वह ख़ुद हिंसा से मुक्त रहेगा। एक अच्छा इंसान कम सोए तो ज़्यादा अच्छा है क्योंकि वह जितनी देर जाग्रत रहेगा, उतनी देर वह समाज में अहिंसा (प्रेम) का पाठ पढ़ाएगा।'

किसी ज़मीन के टुकड़े को अलग-अलग दिशाओं से देखना अलग-अलग नज़रिया पैदा करता है। लेकिन उसी ज़मीन के टुकड़े को हेलिकॉप्टर (ऊपर) से देखने पर पूर्ण सत्य सामने आता है।

विकास पथ पर चलने की प्रेरणा और दस गुणों को साथ लेते हुए आइए, मानसिक विकास पूर्ण करें।

9

मानसिक विकास के 11 मुद्दे

नकारात्मक भावना आपको चुंबक से
पीतल बना देती है।
चुंबक उज्ज्वल भविष्य का निर्माता है तो
पीतल पराजय का जन्मदाता है।

एक बार पर्वतारोहियों का दल एक बड़े पहाड़ पर चढ़ने जा रहा था। एक नौसिखिए पर्वतारोही ने अपने बैकपैक में बहुत सारा सामान भर लिया। उसके अनुभवी साथियों ने उसे समझाया कि वह केवल ज़रूरत का सामान ही अपने पास रखे, वरना बैग भारी हो जाएगा और उसे पहाड़ पर चढ़ने में दिक़्क़त आएगी। वह नहीं माना क्योंकि उसे सभी चीज़ें ज़रूरी लग रही थीं। साथियों की सलाह पर उसे इतना गुस्सा आया कि वह सबसे पहले अकेले ही पहाड़ पर चढ़ने लगा। कुछ समय बाद दल के बाक़ी सदस्यों ने भी पहाड़ की चढ़ाई शुरू कर दी। कुछ दूर जाने के बाद उन्होंने देखा कि उनके आगे वाले साथी ने लिया हुआ अतिरिक्त सामान वहाँ पर पड़ा हुआ था। आख़िरकार पहाड़ ने उसे सिखा दिया था कि उसे अपने अनावश्यक सामान से मुक्ति पानी है, तभी वह पहाड़ पर चढ़ सकता है।

यही हमारे जीवन के साथ होता है। विकास पथ पर हमें विकार रूपी

अनावश्यक सामान को रास्ते में छोड़ना ही पड़ता है। अनुभवी साथी हमें आगाह करते हैं लेकिन हम उनकी बातें नहीं सुनते हैं। अपने अहंकार में हमें लगता है कि हम इन विकारों के साथ विकास के पथ पर आगे बढ़ सकते हैं लेकिन रास्ते में हमें समझ में आता है कि इस बोझ के कारण हम थक रहे हैं, यह बोझ हमारे लक्ष्य में बाधक बन रहा है और तरक़्क़ी करने के लिए हमें इससे मुक्ति पानी होगी। मानसिक विकारों के अनावश्यक बोझ को फेंककर ही हम पृथ्वी लक्ष्य के पर्वत शिखर पर पहुँच सकते हैं।

हो सकता है कि आप यह स्वीकार न करें कि आपमें नकारात्मक भावनाएँ हैं, आपको ऐसा भी लग सकता है कि 'बाक़ी लोग इन्हीं विकारों के साथ जी रहे हैं। वे यदि मेरे लिए नकारात्मक विचार रखते हैं, तो फिर मैं उनके लिए सकारात्मक विचार और भावना क्यों रखूँ?' यह विचार आपको अपने परम लक्ष्य से दूर ले जा सकता है। हमेशा ध्यान रखें कि विकास पथ पर चलने का निर्णय आपका है इसलिए औरों के साथ अपनी तुलना न करते हुए मन के ग्यारह मुद्दों पर गहराई से सोच लें।

1. इंसान की असली शक्ति शरीर में नहीं बल्कि उसके मन में होती है। मानसिक शक्ति की वजह से पहाड़ भी हिलाए जा सकते हैं। अर्थात जीवन की हर ऊँचाई को छुआ जा सकता है। यदि आप अपने मन को विकास नियम के अनुसार सही दिशा दे सकें तो संतुष्टि पाने का रहस्य खुल जाएगा।

2. मन से जुड़ी आदतें, भावनाएँ और विचार आपके साथ पृथ्वी से आगे की यात्रा में भी चलते हैं। पृथ्वी से आगे सूक्ष्म शरीर की यात्रा में विचारों के आधार पर जीवन जिया जाता है। पृथ्वी पर इस बात को याद रखें कि यहाँ आप अपने मन को प्रशिक्षण देने के लिए आए हैं। पृथ्वी पर जब आप मानसिक स्तर पर स्थिरता पाएँगे, तब पृथ्वी से परे की यात्रा में चेतना के उच्चतम स्तर पर जा पाएँगे।

3. इंसान के मन और उसके कार्यों के बीच गहरा संबंध होता है। अगर आपने ठान लिया कि आपको कोई कार्य करना ही है, तो वह सहजता से हो जाता है। अगर किसी कार्य के बारे में आपने सोचा ही नहीं, तो वह कार्य पीछे रह जाता है। जब आप कार्य पूरा करने की ठान लेते हैं,

तभी उसे पूरा कर पाते हैं। पहले इच्छाशक्ति प्रबल करें, फिर इच्छापूर्ति की ओर बढ़ें।

4. मानसिक स्तर पर समझ प्राप्त करना जीवन की प्रमुख ज़रूरत है। समझ से ही आपके वर्तमान के कार्यों में सकारात्मक परिवर्तन होता है।

 जैसे आप किसी साँप के ऊपर पैर रखकर खड़े हैं और किसी ने सिर्फ़ इशारा किया कि आपके पैरों के नीचे साँप है, तो आपकी समझ, विचार और क्रिया एक साथ होती है। आप तुरंत वहाँ से हट जाते हैं।

 साँप का उदाहरण सिर्फ़ इशारा है। जीवन में सभी कार्य हर इंसान अपनी समझ के अनुसार करता है। जब उसकी समझ का स्तर बढ़ता है, तभी वह अगला विकास कर पाता है। इसलिए प्रतिपल अपनी समझ बढ़ाने के लिए प्रयत्नशील रहें।

5. महान विचारक इमर्सन ने कहा है, 'विचार कर्म का बीज है।' जैसी आपकी सोच और समझ होती है, आप वैसे ही बन जाते हैं। आपने भूतकाल में जैसा जीवन जिया, वह आपकी सोच के ढाँचे की वजह से था। आज आप जो जीवन जी रहे हैं, वह भी आपकी सोच का ही परिणाम है और भविष्य में भी जैसे आपके विचार होंगे, वैसा ही आपका जीवन होगा। इसलिए वर्तमान में विचारों को बदलने का प्रयास करें, जिससे आपका भविष्य अपने आप सँवरेगा।

6. आपके जीवन में होने वाली हर घटना के लिए कौन ज़िम्मेदार है? अगर आप इसके लिए किसी दूसरे को ज़िम्मेदार समझते हैं, तो तुरंत अपनी सोच बदलें। आपने अतीत में जो चुनाव किए हैं, उन्हीं की वजह से आप वर्तमान स्थिति में पहुँचे हैं। आप आज जो चुनाव कर रहे हैं, उन्हीं की वजह से आपकी भावी स्थिति मूर्त रूप लेगी। इसलिए हमेशा उच्चतम चुनाव करें ताकि आप उच्चतम स्थिति में पहुँच सकें।

7. आपके जीवन की हर समस्या सबसे पहले आपके मानसिक स्तर पर होती है। आपके सामने कोई घटना होती है, उस घटना के बाद आपका मन उस पर जो प्रतिक्रिया देता है, उस प्रतिक्रिया से आपका दृष्टिकोण तय होता है। अगर किसी बड़ी नकारात्मक घटना में भी आपका मन

सकारात्मक पहलू ही देखता है, तो इसका अर्थ है कि मानसिक स्तर पर आप स्थिर हैं।

अल्बर्ट आइंस्टाइन की बात याद रखें, 'हम जिन महत्त्वपूर्ण समस्याओं का सामना करते हैं, उन्हें सोच के उसी स्तर पर नहीं सुलझाया जा सकता, जिस पर हमने उन्हें उत्पन्न किया था।' यदि आप समस्याओं को सुलझाना चाहते हैं, तो आपको अपने वैचारिक और मानसिक स्तर को ऊपर उठाना होगा।

जीवन की हर घटना में आपका मन स्थिर रह पाए, यह आपकी पहली ज़रूरत है। अगर आपका मन स्थिर है तो आप सहजता से हर परिस्थिति का मुक़ाबला कर पाएँगे। घटना होने के बाद आपका मन किसी और को दोष देता है क्योंकि वह स्वयं किसी बात की ज़िम्मेदारी नहीं लेना चाहता। ऐसी अवस्था में जाग्रत होकर मन के खेल को सामने लाएँ और उसे साफ़ शब्दों में बताएँ कि 'अब तुम्हें इन बातों में नहीं उलझना है।'

8. साधारण इंसान के मन में तीन तरह के विचार चलते हैं - सकारात्मक, नकारात्मक और सहज (न्यूट्रल)। मन की यह ख़ासियत है कि अगर आपने अपने विचारों को दिशा नहीं दी तो मन स्वयं विचारों को दिशा देता है। हम देखते हैं कि मन पानी की तरह होता है। जिस तरह पानी को अगर कोई दिशा न दी जाए तो वह नीचे की ओर ही बहता है, ऊपर की ओर नहीं, इसी तरह अगर मन को दिशा न दी जाए तो वह भी नीचे की ओर ही बहता है। मन को ऊपर उठाने के लिए प्रयास करना होता है। इसीलिए मनन मंथन की ज़रूरत होती है। चाहे कितने भी नकारात्मक विचार आएँ, फिर भी आपको अपने मन को सकारात्मक विचारों से भरना सीखना चाहिए।

9. मनचाही सफलता या चीज़ मिलने के बावजूद इंसान बिना मानसिक विकास के दुःखी हो सकता है।

जैसे किसी विद्यार्थी का परीक्षा में पहला नंबर आया। उसे बहुत खुश होना चाहिए लेकिन फिर भी वह इस बात पर दुःखी हो सकता है कि उसे अपनी अपेक्षा से कम अंक मिले। एक इंसान ने बहुत सारे

पैसे कमाए, तो आपको लगेगा कि वह ख़ुश होगा लेकिन वह फिर भी दु:खी था, कारण इतने पैसे कमाने के बावजूद उसके पड़ोसी के पास ज़्यादा पैसे थे।

इन उदाहरणों से आप समझ सकते हैं कि सिर्फ़ सांसारिक चीज़ें मिल जाने की वजह से इंसान ख़ुश नहीं होता। वे चीज़ें मिलने के बाद इंसान का मन उस पर क्या प्रतिक्रिया देता है, इसी से तय होता है कि वह इंसान ख़ुश होगा या नहीं। आपका मन किसी घटना के बारे में आपको क्या बता रहा है, कौन सी प्रतिक्रिया दे रहा है, इस पर आपकी ख़ुशी निर्भर करती है। ख़ुशी का यह रहस्य बताता है कि *'आपकी ख़ुशी और दु:ख दोनों आपके हाथ में हैं।'* मानसिक स्तर पर स्थिरता प्राप्त करने के लिए किसी भी घटना में आपका मन कौन सी प्रतिक्रिया देता है, यह देखें और अपने मन की प्रोग्रामिंग बदलें।

10. इंसान का मन बहुत शक्तिशाली है। यह सुखद सपनों को हक़ीक़त में बदल सकता है। इसी तरह यह दुःखद सपनों को भी हक़ीक़त में बदल सकता है। इंसान का अवचेतन मन उसके प्रबल विश्वास के अनुरूप कार्य करता है। यदि किसी के मन में यह प्रबल विश्वास हो कि वह बीमार है तो उसका शरीर बीमार न होने के बावजूद उसे शारीरिक स्तर पर तकलीफ़ दे सकता है।

11. मन बहुत लचीला भी होता है। वह जब चाहे, स्वयं को बदल सकता है। अगर मन चाहे तो सकारात्मक सोच रख सकता है और चाहे तो नकारात्मक भी सोच सकता है। इस बात को ध्यान में रखते हुए अपने मन को ध्यान* की शक्ति देकर सही दिशा देना सीखें।

इन ग्यारह मुद्दों को अपनाकर विकास नियम को अपने जीवन में प्रकट होने का मौक़ा दें।

**ध्यान विधि सीखें पृष्ठ क्र. 123 पर।*

10

आदतें बदलें – दिशा दें

इंसान अपने बारे में जैसी कल्पना करता है, वैसा बन जाता है।
हमारी कल्पना यदि बेलगाम है तो मानसिक तकलीफ़ का कारण है।
यही कल्पना अनुशासित है तो विकास की सीढ़ी है।

पोलैंड के धर्मगुरु हाफ़िज़ हईम की ख्याति दूर-दूर तक फैली हुई थी। एक दिन एक अमेरिकी यात्री उनसे मिलने उनके घर गया। उसे यह देखकर बड़ी हैरानी हुई कि धर्मगुरु एक छोटे से कमरे में रहते थे, जहाँ केवल पुस्तकें ही रखी थीं। फ़र्नीचर के नाम पर एक मेज़ और बेंच के सिवाय कुछ भी नहीं था। यात्री ने पूछा, 'धर्मगुरु, आपका फ़र्नीचर कहाँ है?' हाफ़िज़ ने पलटकर सवाल पूछा, 'आपका कहाँ है?' यात्री ने कहा, 'मेरा? लेकिन मैं तो यहाँ पर यात्री हूँ और कुछ समय रहने आया हूँ।' हाफ़िज़ ने कहा, 'मैं भी तो! मुझे भी याद है कि मैं इस संसार की यात्रा पर आया हूँ और यहाँ कुछ ही समय तक रहूँगा।'

अपने मन को सही राह दिखाने के लिए हमें इस संसार को अपना असली घर नहीं बल्कि एक सराय समझना चाहिए। मनुष्य इस संसार में मेहमान की तरह आता है और कुछ समय रहकर चला जाता है। अचंभा यह है कि इसके बावजूद वह इस संसार में अपने अस्तित्त्व को स्थायी मान बैठता है और इस तरह से जीता है, जैसे वह अजर-अमर हो।

इंसान यह भूल जाता है कि वह ख़ाली हाथ आया है और ख़ाली हाथ ही जाएगा। इसी वजह से वह मोह के बंधन में बँध जाता है और महाठगिनी माया के सुनहरे जाल में फँस जाता है। वह देवता के बजाय पशु के स्तर पर जीने लगता है और खाने-पीने-सोने-संग्रह करने में ही अपना जीवन बर्बाद कर देता है। वह उन चीज़ों को अपने जीवन का लक्ष्य बना लेता है, जिन्हें उसे इसी संसार में छोड़कर जाना है। वह पैसे, शोहरत, मान-सम्मान आदि के चक्रव्यूह में उलझ जाता है और इससे कभी बाहर नहीं निकल पाता। वह भूल जाता है कि वह जिन सात पुश्तों के लिए धन-संपदा इकट्ठी कर रहा है, उसमें से छठी-सातवीं पुश्त को तो उसका नाम भी याद नहीं रहेगा। यदि मनुष्य अपने जीवन की क्षणभंगुरता को हमेशा ध्यान में रखे, तो वह ऐसे काम कर सकता है, जिससे इस पृथ्वी पर उसका वास्तविक उद्देश्य पूरा हो और जिसके लिए उसे इस संसार में भेजा गया है। जीवन क्षणिक है इसलिए उसे स्थायी मानने की भूल न करें और क्षणिक आनंद देने वाली चीज़ों पर ध्यान केंद्रित करना छोड़ दें।

यह आपका मन है, जो आपको ग़लत दिशा में भटकाता है इसलिए अपने मन की आदतों को बदलने का प्रयास करें। यह पता लगाएँ कि मन आपको क्यों भटकाता है, किस दिशा में ले जाता है और क्या करवाना चाहता है। उस घुड़सवार जैसे न बनें, जिससे किसी ने पूछा कि वह किस दिशा में जा रहा है, तब उसने कहा, 'जिधर घोड़ा ले जाए।' मन आपका घोड़ा है, आप घुड़सवार हैं। यह घुड़सवार की ज़िम्मेदारी है कि वह घोड़े को दिशा दे। अपने मन को सही दिशा प्रदान करना आपकी ज़िम्मेदारी है।

आगे दिए गए मनन प्रश्न आपके मन को नई दिशा दे सकते हैं। इनके आधार पर आपको अपने मन, उसके गुणों और व्यवधानों पर मनन करना है।

1. क्या आपके मन में आने वाले अधिकांश विचार सकारात्मक होते हैं?

   हाँ ☐ /ना ☐

2. क्या कोई भी घटना होने के बाद आप सोच-समझकर उस घटना पर प्रतिक्रिया देते हैं? हाँ ☐ /ना ☐

3. क्या किसी घटना के बाद आपके मन में पहला विचार सकारात्मक आता है? हाँ □/ना □

4. आपके मन में किसी घटना के बारे में विचार आएँ तो क्या वे विचार आप रोक सकते हैं? हाँ □/ना □

5. क्या आप अपने मन की दिशा बदल सकते हैं? हाँ □/ना □

उपरोक्त सवाल आपके मन की आदतें दर्शाते हैं। अगर आपके मन की आदतें सकारात्मक हैं, तो ये आदतें आपको बहुत मदद करेंगी।

किसी भी घटना के बाद आप स्वयं के साथ कैसे वार्तालाप (विचार) करते हैं इसकी जानकारी नीचे दिए गए सवालों द्वारा आपको मिलेगी। अगर उनमें से एक भी सवाल का जवाब ना में है, तो तुरंत सजग हो जाएँ और अपने विचारों को सकारात्मक बनाने के लिए आगे दिए गए क़दम उठाएँ।

1. दिनभर आपको कितने नकारात्मक विचार आते हैं, इसका कुछ दिनों तक निरीक्षण करें। यह पता लगाएँ कि आपके मन में सकारात्मक विचार अधिक आते हैं या नकारात्मक।

2. निरीक्षण के बाद जब भी नकारात्मक विचार आएँ, तो तुरंत उन्हें सकारात्मक विचारों में परिवर्तित करें। ऐसा करने के लिए होशपूर्वक प्रयास करें ताकि आपकी नकारात्मक सोचने की आदत में परिवर्तन हो। अगर किसी घटना के बारे में ज़्यादा नकारात्मक विचार आएँ तो तुरंत उन्हें सकारात्मक दिशा देने की कोशिश करें। शुरुआती दिनों में यह मुश्किल हो सकता है लेकिन आगे चलकर यह आदत आपके लिए वरदान साबित होगी।

3. हर रात सोते वक़्त यह जाँचें कि किन घटनाओं में आपको पहला विचार नकारात्मक आया।

4. कुछ समय तक दिनभर यही भावना रखें कि आज हर घटना में पहला विचार सकारात्मक रखना है। उस दिन अगर कोई विफलता मिले भी तो कहें, 'यह सफलता की पहली सीढ़ी है।' यह सच है क्योंकि यदि आप अपनी विफलता से सबक़ सीखते हैं और उस काम को दोबारा सँभलकर करते हैं, तो आप सफल हो सकते हैं।

5. यदि कोई घटना आपकी अपेक्षाओं के विपरीत होती है, तो यह सोचें कि इसे क़ुदरत ने आपको कुछ सिखाने के लिए भेजा है। अगर आप उस नकारात्मक घटना से सही सबक़ सीख लेते हैं तो आगे चलकर आपको सकारात्मक परिणाम मिलेंगे।

नकारात्मक से सकारात्मक परिणाम कैसे मिल सकते हैं, इसका एक उदाहरण देखें।

सन 1762 की बात है। लेखक गोल्डस्मिथ की मकान मालकिन किराया न देने के कारण उन्हें गिरफ़्तार कराने वाली थी। इस बात की ख़बर गोल्डस्मिथ के मित्र डॉ. जॉनसन को मिली। वे तत्काल वहाँ पहुँचे और उन्होंने गोल्डस्मिथ से पूछा कि 'क्या उनके पास कोई छपने लायक़ पुस्तक रखी है?' गोल्डस्मिथ ने एक उपन्यास की पांडुलिपि निकालकर उन्हें दे दी। गोल्डस्मिथ ने उसे तब तक इसलिए नहीं छपवाया था क्योंकि वे इसे प्रकाशन के लायक़ नहीं मानते थे। बहरहाल, संकट की इस घड़ी में उन्हें यह उपन्यास याद आया और जॉनसन ने साठ गिन्नी में इस उपन्यास की पांडुलिपि बेच दी। बाद में यही उपन्यास 'द विकार ऑफ़ वेकफ़ील्ड' नाम से मशहूर हुआ। यदि गिरफ़्तार कराने वाली नकारात्मक घटना नहीं होती तो लेखक का यह उपन्यास प्रकाशित नहीं होता और लेखक की इतनी ख्याति नहीं हो पाती।

गुण बढ़ाएँ, स्वयं को बेहतर बनाएँ

संसार में आपकी असली पहचान आपका चेहरा नहीं बल्कि आपके गुण हैं। अपने गुणों को बढ़ाना दीर्घकालीन लेकिन आवश्यक प्रक्रिया है। इस प्रक्रिया का जीवन में अत्यंत महत्त्व है। इस सूची में दिए गए गुणों के अलावा अगर आप किसी अन्य गुण पर आगे कार्य करना चाहते हैं, तो उसे विस्तार से लिखें।

हर गुण को बढ़ाने के लिए आप कौन से क़दम उठाने वाले हैं, इसका नियोजन करें। यहाँ पर सिर्फ़ कुछ आवश्यक गुणों की ही चर्चा की गई है। इनके अतिरिक्त अन्य गुणों पर कार्य करने की क्षमता विकसित करें।

मन की वृत्तियाँ - आदतें पहचानें

आपको स्वयं की जो कमियाँ पता हैं, उनके बारे में अपनी विकास डायरी में लिखें तथा आगे दिए गए सवालों के जवाब 'हाँ' या 'ना' में अंकित करें।

1. क्या आप अपने मन की ग़लत वृत्तियों के बारे में जानते हैं?
   हाँ ☐/ना ☐
2. क्या आपने कभी ग़लत वृत्तियों से निकलने की कोशिश की है?
   हाँ ☐/ना ☐
3. अगर किसी ने आपकी वृत्तियों पर प्रकाश डाला हो तो क्या आपने उसे छिपाने अथवा स्वयं को सही साबित करने की कोशिश की है?
   हाँ ☐/ना ☐
4. क्या आप अपने बारे में नकारात्मक बातें लंबे समय तक सुन सकते हैं? हाँ ☐/ना ☐
5. क्या आपको स्वयं की हर बात अच्छी लगती है? हाँ ☐/ना ☐

वृत्तियों से मुक्ति पाने का मार्ग

हर इंसान में कुछ न कुछ कमियाँ होती हैं। स्वयं की कमियाँ सामने लाने के लिए आगे दिए गए क़दम उठाएँ।

1. अपनी ग़लत वृत्तियों (आदतों) और कमियों को स्वीकार करें। यह समझ रखें कि विश्व के हर इंसान में कुछ न कुछ वृत्तियाँ होती हैं। आप उन्हीं लोगों में से एक हैं। यदि आप विकास पथ पर आगे बढ़ना चाहते हैं तो स्वयं की कमियों पर विजय प्राप्त करना आवश्यक है। सभी महापुरुषों ने यही किया है।
2. स्वयं की कमियाँ दूर करने का सबसे पहला क़दम है, उन्हें प्रकाश में लाना। जब तक आप अपनी वृत्तियों को सामने नहीं लाएँगे, तब तक आपको उनसे मुक्त होने का विचार नहीं आएगा।
3. तीसरे क़दम पर इस बारे में विस्तार से मनन करें कि उन वृत्तियों से आपको आज तक कितना नुक़सान हुआ और आगे कितना होगा।

ज़रूरत पड़ने पर यह मनन लिखित रूप में करें ताकि अगली बार वृत्तियों के आधार पर निर्णय लेने का मोह हो तो आप उसे पढ़ पाएँ।

4. चौथे क़दम पर प्रेम से उन वृत्तियों से मुक्ति पाएँ। जब भी ग़लत वृत्ति जाग्रत हो, तब स्वयं से कहें,

'मैं स्वयं से बहुत प्यार करता हूँ।
मुझे इस बात की पहचान हो चुकी है कि ....
(यहाँ पर अपनी वृत्ति का नाम कहें),
यह मेरे शरीर की ग़लत वृत्ति है।
अब मैं ईश्वर की सहायता से इस वृत्ति से मुक्ति पा रहा हूँ।
ईश्वर मेरे साथ है इसलिए हर वृत्ति से
मुक्ति पाना मेरे लिए आसान है।
मैं इसके बाद कभी भी अपनी ग़लत वृत्ति के
अनुसार व्यवहार नहीं करूँगा ताकि मेरी
आत्म संतुष्टि सदा क़ायम रहे।
ईश्वर की सहायता के लिए उसे
धन्यवाद... धन्यवाद... धन्यवाद!'

इन चार क़दमों की मदद से आप स्वयं की सारी ग़लत वृत्तियाँ तोड़कर आत्मविकास कर सकते हैं। जब आपकी एक वृत्ति टूटेगी, तभी आपको मुक्ति का स्वाद मिलेगा, फिर आप हर ग़लत वृत्ति से मुक्त होना चाहेंगे इसलिए यह प्रयोग ज़रूर करें।

11

अखंड विकास

किसी भी मुकाम पर, कितने भी बड़े शिखर पर आप पहुँच जाएँ,
फिर भी सीखना बंद न करें
क्योंकि यही आदत अन्य नई संभावनाएँ खोलेगी।

जैसे आपके विचार होते हैं, वैसे ही उच्चार होते हैं और जैसे उच्चार होते हैं, वैसे ही आचार होता है। अगर आपके विचार नकारात्मक हैं तो उच्चार नकारात्मक होगा और आचार भी नकारात्मक होगा। जैसा आपका आचार होगा, वैसा ही उसका कर्म फल होगा। कोई चोरी करे और कहे, 'मुझे उसका फल नहीं चाहिए' तो ऐसा नहीं होगा। अगर आचार (व्यवहार) चोरी का है तो जेल जाने का फल ज़रूर मिलेगा। अगर वाक़ई में जेल जाने का फल नहीं चाहिए तो आचार बदलना होगा और आचार बदलना है तो उच्चार बदलना होगा और उच्चार बदलना है तो विचार बदलना ही होगा। विचार बदलने के लिए सबसे आवश्यक है, मन का प्रशिक्षण। प्रशिक्षित मन कभी नकारात्मक दिशा में नहीं जाता। जैसा ट्रायोन एड्वर्ड्स ने कहा है, 'विचार उद्देश्य की ओर ले जाते हैं, उद्देश्य कार्य की ओर, कार्यों से आदत बनती है, आदतों से चरित्र तय होता है और चरित्र से हमारा भविष्य निर्धारित होता है।' इसलिए इंसान के भाव, विचार, वाणी, क्रिया में अखंडता, एकरूपता होनी चाहिए।

खंडित जीवन जीने के कई नुक़सान हैं। खंडित जीवन जीते वक़्त इंसान को इस बात की तो ख़ुशी होती है कि हर हालत में मुझे जो पाना था, वह

मैंने पा लिया लेकिन इस तरह के जीवन का अंत हमेशा दुःख में ही होता है। अखंड जीवन प्राप्त करना, शुरुआत में मुश्किल लग सकता है लेकिन आगे चलकर यही सफल जीवन कहलाता है।

अखंडता यानी पूर्ण ईमानदारी इंसान के जीवन में कितनी महत्त्वपूर्ण है, यह हम इस प्रसंग से जान सकते हैं। सी.वी. रमण ने 1949 में रमण रिसर्च इन्स्टीट्यूट की स्थापना कर दी थी। विज्ञान सहायक के पद के लिए कई दावेदार थे। इंटरव्यू ख़त्म होने पर एक युवक, जिसे नहीं चुना गया था, रमण के पास आकर कहने लगा, 'सर, ग़लती से आपके ऑफ़िस वालों ने मुझे अधिक यात्रा व्यय दे दिया था, जिसे मैं लौटाना चाहता हूँ।' यह सुनकर रमण ने कहा, 'तुम्हारी ईमानदारी देखकर मैं प्रभावित हुआ और अब यह पद तुम्हें ही मिलेगा। इससे कोई ख़ास फ़र्क़ नहीं पड़ता कि तुम्हारी भौतिकी कमज़ोर है। वह तो मैं तुम्हें सिखा सकता हूँ। महत्त्वपूर्ण बात तो यह है कि तुम एक चरित्रवान इंसान हो। यह मेरे लिए ज़्यादा महत्त्वपूर्ण है।' रमण का निर्णय बिलकुल सही था।

जीवन को अखंड बनाने से आपकी 70% से ज़्यादा समस्याएँ सहजता से सुलझ सकती हैं। आज से ही अखंड बनने के लिए कार्य शुरू करें। छोटे क़दमों से जब आप अखंड बनने के लिए प्रयास करेंगे, तब आगे चलकर ऐसे चरित्र का निर्माण होगा, जिसकी नींव मज़बूत होगी।

1. अगर आपने किसी को मिलने के लिए समय दिया है, तो उसका पालन करें। इससे आप समय संपन्न बनेंगे, साथ ही साथ आपके विचार, वाणी और कार्य में एकरूपता आएगी।

2. अगर आपने कोई निर्णय लिया है, तो उसे पूरा करने की हर संभव कोशिश करें। इससे आपमें अलग-अलग तरह के अनेक गुणों का विकास होगा।

3. यह भी जाँचें कि एकरूपता पर कार्य करते हुए आप किस भावना से कार्य कर रहे हैं। अगर आप नकारात्मक भावना से कोई कार्य कर रहे हैं, तो अपनी भावना तुरंत बदलें क्योंकि आगे चलकर आपको अपनी भावना का फल मिलेगा, कार्य का नहीं। दरअसल हमारे जीवन में होने वाली घटनाएँ हमारे भाव का ही परिणाम होती हैं। भावनाओं की शक्ति कुछ

भी निर्माण कर पाने में समर्थ है। हम जिस भाव में होते हैं, वैसे परिणाम आते हैं। भाव यदि सही है तो वही भाव आपको चुंबक बनाता है और वे सब चीज़ें आपके पास आती हैं, जो आप चाहते हैं।

4. जीवन में आप जो गुण प्राप्त करना चाहते हैं, अखंड विकास द्वारा वे सारे गुण प्राप्त किए जा सकते हैं। इसलिए अखंड बनने पर हमेशा ध्यान दें।

5. अपने लिए जीवन के सिद्धांत बनाएँ और हमेशा उन्हीं सिद्धांतों के आधार पर जीवन जीएँ। किसी भी परिस्थिति में या किसी के दबाव में आकर स्वयं के सिद्धांत न बदलें। ऐसा करने से आप सहजता से लोगों का विश्वास जीत लेंगे, जो संपूर्ण संतुष्टि की ज़रूरत है।

खण्ड 3
सामाजिक विकास पथ

12

प्रेम, समय और क्षमा

जब आप कोई चीज़ दूसरों से छीन रहे हैं तो वह संघर्ष है,
जब कोई चीज़ दूसरों को बेशर्त दे रहे हैं तब वह असली प्रेम है।

प्रेम, समय और क्षमा देने से रिश्तों का विकास होता है। विकास नियम अनुसार, *'हर एक इंसान और वस्तु में उच्च संभावना मौजूद है जिसे प्रकट होना है।'* रिश्तों में यह संभावना प्रेम, समय और क्षमा देने से खुल सकती है।

कई साल पहले अमेरिका में एक छोटा लड़का रहता था। उसके पिता अपने काम-काज में इतने व्यस्त रहते थे कि उसे ज़्यादा समय नहीं दे पाते थे। एक दिन जब पिता घर लौटे तो लड़के ने उनसे कहा, 'डैडी, मेरे साथ खेलो।' पिता ने जवाब दिया, 'मेरे पास समय नहीं है, मुझे अभी बहुत काम करना है।' लड़के की आँखों में आँसू छलक आए और वह अपने कमरे में चला गया। थोड़ी देर तक सोचने के बाद लड़का एक बार फिर पिता के कमरे में आया और उसने पूछा, 'डैडी, आप एक घंटे में कितना कमाते हैं?' पिता ने जवाब दिया, 'पचास डॉलर।'

यह सुनकर लड़के की आँखों में चमक आ गई और उसने अपने पिता से कहा, 'डैडी, आप यहीं रुकना, मैं अभी आता हूँ।' कुछ ही समय में लड़का दौड़ता हुआ वापस आया और उसने अपने पिता के हाथ में पचास

डॉलर रखकर कहा, 'डैडी, मैं आपका एक घंटे का समय ख़रीदना चाहता हूँ ताकि आप मेरे साथ खेलें।'

यह सुनकर पिता हक्के-बक्के रह गए और उनके मुँह से एक भी शब्द नहीं निकला। वे समझ गए कि वे अपने बच्चे को सारी सुख-सुविधाएँ तो दे रहे थे लेकिन उसके साथ खेल नहीं रहे थे, समय नहीं बीता पा रहे थे, जिसकी बच्चे के मन में बहुत इच्छा थी। तभी तो बच्चे ने रिश्तेदारों द्वारा खिलौने के लिए दिए पैसों, क्रिसमस के उपहार आदि से बचाए पैसों से उनका एक घंटे का समय ख़रीदने की पेशकश की थी।

बच्चों को केवल रोटी, कपड़ों और सुख-सुविधाओं की ही ज़रूरत नहीं होती। उन्हें सबसे ज़्यादा प्रेम की ज़रूरत होती है और उस प्रेम का पता उन्हें इस बात से चलता है कि आप उनके साथ कितना समय बिताते हैं। आप जिस इंसान से प्रेम करते हैं, उसके साथ ज़्यादा से ज़्यादा समय बिताना चाहते हैं। अगर कोई इंसान अपने परिवार के साथ ज़रा भी समय नहीं बिताता तो इससे यह पता चलता है कि वह अपने परिवार से ज़्यादा अपने काम तथा धन इकट्ठा करने को एहमियत देता है। मज़े की बात यह है कि इंसान अपने परिवार की ख़ातिर सुबह से रात तक ऑफ़िस में व्यस्त रहता है लेकिन परिवार वालों को वह चीज़ देना भूल जाता है, जिसकी उन्हें सबसे ज़्यादा ज़रूरत है - प्रेम, समय और क्षमा। हमें इस बात का ध्यान रखना चाहिए कि काम और परिवार के बीच स्वस्थ संतुलन बनाए बिना न हम सुखी रह सकते हैं, न ही अपने परिवार को सुखी रख सकते हैं। लेकिन आज ज़्यादा पैसा कमाने की दौड़ में लोग यह बात भूल चुके हैं। अब हमें ख़ुद को नए सिरे से तैयार करना होगा ताकि हम केवल व्यक्तिगत स्तर पर ही नहीं, पारिवारिक और सामाजिक स्तर पर भी सार्थक जीवन जी सकें।

क्षमा देने का उत्तम तरीका

क्षमा देना भी रिश्तों के विकास के लिए अति महत्त्वपूर्ण है। क्षमा इंसान का आंतरिक गुण है। क्षमा हृदय की गहराई से उठने वाला भाव है। किसी को सॉरी बोला और निकल गए या मन ही मन अपनी ग़लती महसूस कर ली और चुप रह गए, यह सही तरीक़े से क्षमा माँगना नहीं हुआ। न ही किसी को 'मैंने तुम्हें माफ़ किया' कहकर, मन में उसके प्रति द्वेष या क्रोध को रोक

लेना भी क्षमा नहीं है। इस अध्याय में आप क्षमा माँगने और देने का सही तरीक़ा सीखने जा रहे हैं।

सीधे क्षमा कैसे माँगें

यदि आप किसी से प्रत्यक्ष रूप में (आमने-सामने आकर) क्षमा माँगने में सहज हैं तो आपको सीधे ही इस तरह क्षमा माँगनी चाहिए-

'मैंने आपको अपने भाव, विचार, वाणी या क्रिया से आपको जो भी दुःख पहुँचाया है, उसके लिए कृपया मुझे क्षमा करें। मैं आगे से ध्यान रखूँगा कि मुझसे ऐसी ग़लती दोबारा न हो।'

कम से कम क़रीबी रिश्तों में तो सीधे क्षमा ज़रूर माँग लेनी चाहिए। आमने-सामने बात होने पर और क्षमा माँगने पर तुरंत मन का मैल निकल जाता है। रिश्ते पर जमे दुःख, गुस्से, संशय के बादल तुरंत हट जाते हैं। एक इंसान जब क्षमा माँगता है तो अक्सर दूसरे इंसान को भी अपनी ग़लती का एहसास होता है। अब तक जो अहंकार के चलते ग़लती मानने में हिचकिचा रहा था, आपका क्षमा माँगना उसका भी रास्ता खोल देता है और दोनों पक्षों में सुलह हो जाती है।

मान लीजिए, रिश्तों में आपको लग रहा है कि आपकी ग़लती नहीं है और सामने वाला भी अकड़कर खड़ा है। ऐसे में बात ज़्यादा न बढ़े और रिश्ते की मिठास बनी रहे, ऐसा सोचकर यदि आप ही क्षमा माँग लेते हैं तो इससे सामने वाले को भी कहीं न कहीं महसूस होता है कि ग़लती उसकी थी और आप माफ़ी माँग रहे हैं। उसका अहंकार पिघलने लगता है। अक्सर वह कह उठता है, 'मेरी भी ग़लती थी, आप भी मुझे माफ़ करें।' इस तरह से बात 'तिल का ताड़' बनने से बच जाती है और सुलह के रास्ते खुल जाते हैं।

मान लीजिए, सामने वाला आपको क्षमा नहीं कर रहा है तो वह आगे कभी क्षमा नहीं करेगा, ऐसा न समझें। पहले यह समझें कि वह इस वक़्त आपको क्षमा नहीं कर रहा है तो ऐसी अवस्था में आपको 'ना' को कैसे लेना है? आप 'नहीं' को 'अभी नहीं' ऐसा समझेंगे। सामने वाला कहेगा, 'अभी मैं तुम्हें क्षमा नहीं कर सकता।' आप कुछ समय के बाद फिर से क्षमा माँगें। आपको क्षमा इसलिए भी माँगनी है ताकि वह इंसान भी नफ़रत से बाहर आ जाए।

सूक्ष्म शरीर देह से क्षमा माँगने का आसान तरीक़ा

बहुत सी घटनाओं में हम सीधे क्षमा माँगने में सहज नहीं होते और बहुत सी घटनाओं में हमें बाद में समझ आता है कि हमसे ग़लती हुई थी। उस वक़्त सीधे क्षमा माँगने या देने का समय निकल चुका होता है। ऐसे में हम 'ए.एम. एस.वाय.' क्षमा प्रार्थना द्वारा क्षमा साधना कर सकते हैं।

यहाँ 'ए.एम.एस.वाय.' का अर्थ है इंसान का सूक्ष्म शरीर, जिसे हम 'ए शरीर' कह सकते हैं। हमारे भाव, विचार, विवेक शक्ति, बुद्धि और चेतना तत्त्व 'ए.एम.एस.वाय.' का ही हिस्सा होते हैं। इसे हम आँखों से देख नहीं सकते लेकिन यह हमारे स्थूल शरीर से जुड़ा रहता है। हम अपने स्थूल शरीर को 'बी.एम.एस.वाय.' या 'बी शरीर' कह सकते हैं।

यूँ समझिए, एक इंसान के शरीर का हार्डवेयर पार्ट, जिसे छुआ जा सके, देखा जा सके, स्थूल शरीर कहलाता है और सॉफ़्टवेयर पार्ट, जिसे देखा न जा सके, बस महसूस किया जा सके, वह सूक्ष्म शरीर होता है। इंसान के स्थूल शरीर की मृत्यु के समय उसका 'ए.एम.एस.वाय.' स्थूल शरीर से मुक्त होकर पार्ट टू (मृत्यु उपरांत जीवन का संसार, सूक्ष्म जगत्) में चला जाता है।

यहाँ पर वह क्षमा प्रार्थना दी जा रही है जो 'ए शरीर' के साथ की जाती है। यह पूरी तरह असरदार और कर्म बंधन की लकीरों को मिटाने में सक्षम होती है।

प्रार्थना करने से पहले इसे पूरी तरह पढ़ लें, समझ लें और अपनी आँखें बंद करें।

आमंत्रण दें : ए प्यारे ... (उस इंसान का नाम, जिससे क्षमा माँगनी है) के दिव्य ए.एम.एस.वाय., ए-शरीर मैं आपको अपने ध्यान क्षेत्र में आमंत्रित करता हूँ।

क्षमा माँगें : 'मैं* ... को साक्षी रखकर आपसे क्षमा माँगता हूँ। मैंने आपको अपने भाव, विचार, वाणी या क्रिया से जो भी दुःख पहुँचाया है, उसके लिए

**यहाँ साक्षी के रूप में आप गुरु, ईश्वर या ऐसे किसी भी आदरणीय इंसान को ले सकते हैं, जिसके सामने होने पर आप स्वयं को ज़्यादा ज़िम्मेदार और सजग महसूस करते हैं।*

कृपया मुझे क्षमा करें। मैंने आपको शरीर समझकर व्यवहार किया, आपके अंदर की परम चेतना (सेल्फ़) को नहीं देखा, इसके लिए भी मैं क्षमा प्रार्थी हूँ। मैं आगे से ध्यान रखूँगा कि मुझसे ऐसी ग़लती दोबारा न हो।'

धन्यवाद दें : मेरे ध्यान क्षेत्र में आने और मुझे क्षमा करने के लिए बहुत-बहुत धन्यवाद। मैं आपसे प्रेम करता हूँ, आपका आदर करता हूँ। कृपया अब आप अपने स्थान पर वापस जाएँ...धन्यवाद...धन्यवाद...धन्यवाद...।

क्षमा देने के लिए प्रार्थना

अपनी आँखें बंद करें।

आमंत्रण दें : ए प्यारे ... (उस इंसान का नाम, जिसे क्षमा करना है) के दिव्य ए.एम.एस.वाय., ए-शरीर मैं आपको अपने ध्यान क्षेत्र में आमंत्रित करता हूँ।

क्षमा करें : 'मेरे मन में आपके प्रति जो भी नफ़रत, द्वेष या शिकायत है, मैं उसे अपने मन से जाने दे रहा हूँ। मैं... को साक्षी रखकर आपको क्षमा करता हूँ। मैं आपसे प्रेम करता हूँ। आपका आदर करता हूँ। मैंने आपको शरीर समझकर व्यवहार किया, आपके अंदर की परम चेतना (सेल्फ़) को नहीं देखा, इसके लिए भी मैं क्षमा प्रार्थी हूँ। मैं आगे से ध्यान रखूँगा कि मुझसे ऐसी ग़लती दोबारा न हो।'

धन्यवाद दें : मेरे ध्यान क्षेत्र में आने के लिए बहुत-बहुत धन्यवाद। कृपया अब आप अपने स्थान पर वापस जाएँ...धन्यवाद...धन्यवाद... धन्यवाद...।

रात को दिल साफ़ करें, सुबह मुक्त करें

आपने क्षमा प्रार्थना सीखी। इस तरह से जब भी किसी के प्रति मन में नफ़रत या शिकायत जागे अथवा आपसे कोई ग़लती हो जाए, उस कर्म की लकीर को जल्द से जल्द क्षमा प्रार्थना द्वारा मिटा डालें। कम से कम रात को सोने से पहले नियम बना लें। पूरे दिन की घटनाओं को सामने लाएँ। जिसके प्रति भी मन में कर्म बंधन की लकीर खिंची, उनसे क्षमा माँगें और प्रार्थना करें। कोई भी लकीर अगले दिन के लिए न छोड़ें ताकि सुबह उठकर कोई पुराना

विचार तंग न करे। जैसे एक गृहिणी रात को रसोई के सब काम निपटाकर रसोई अगले दिन के लिए साफ़ करके छोड़ती है ताकि जब वह सुबह वापस रसोई में आए तो कोई पुरानी गंदगी, कचरा उसे दिखाई न दे, उसका समय बर्बाद न करे। इसी तरह आपको भी अपने मन की सफ़ाई करके ही सोना है।

रात को दिल को बड़ा करें और सुबह उठकर इस बड़े दिल को मुक्त करें। अर्थात मानो, आपके पास हज़ार का नोट है और आपने उसे एक-एक रुपए में छुट्टा कर सबको बाँट दिया, 'तुम भी लो, तुम भी लो...।' इसी तरह सबके प्रति नफ़रत मिटाकर दिल में प्रेम भरें और फिर उसे बाँटें। इसे निरंतरता से करें, नियम में बाँध लें तो आपको जल्द ही इसके परिणाम भी दिखाई देने लगेंगे। आप आश्चर्य करेंगे, 'अरे! जो लोग मुझसे सीधे मुँह बात भी नहीं कर रहे थे, उनका व्यवहार नम्र हो रहा है, रिश्ते सुधर रहे हैं, समस्याएँ स्वतः समाप्त हो रही हैं, जीवन में सब कुछ सहजता से आ रहा है, आंतरिक शांति जो मिल रही है, वह अलग है।'

यह सब कुछ अदृश्य में होना शुरू होता है इसलिए लोगों को क्षमा प्रयोग पर विश्वास नहीं होता और वे शुरुआत ही नहीं करते लेकिन जो विश्वास रखकर क्षमा प्रयोग कर रहे हैं वे अपने जीवन में चमत्कार देख रहे हैं। आप भी चमत्कार देखने को तैयार हो जाएँ।

13

सामाजिक विकास

जिस चीज़ पर आप ध्यान देते हैं, वह आपमें आने लगती है
इसलिए आलोचना छोड़ सदा दूसरों में गुण देखें।

पारिवारिक और सामाजिक रिश्ते पृथ्वी की आवश्यक व्यवस्था हैं। आत्मविकास के लिए, पृथ्वी पर आपको कई रिश्तेदार दिए गए हैं। ये रिश्तेदार आपके चारों तरफ़ एक विशेष वातावरण तैयार कर रहे हैं। आपको इस बात की ख़ुशी होनी चाहिए कि यह बहुत अच्छी व्यवस्था बनाई गई है वरना आपका मन रिश्तों में तपकर निर्मल और अकंप कैसे बनता! आप पृथ्वी पर अपने मन पर काम करने और अपना परम लक्ष्य पूरा करने के लिए आए हैं।

जब परिवार में सब कुछ अच्छा-अच्छा और मन-मुताबिक़ चलता है, तब आपके मन को कोई प्रशिक्षण नहीं मिलता है। यदि परिवार में कुछ अनबन या तनाव चल रहा हो, इसके बाद भी अंदर से आप आनंदित हों तो इसका अर्थ है कि वाक़ई रिश्तों में जो समझ होनी चाहिए, वह आपको मिल रही है। प्रख्यात दार्शनिक सुकरात का पारिवारिक जीवन इस बात की अच्छी मिसाल है। उनकी पत्नी उनसे बहुत नाराज़ रहती थीं और उन्हें प्राय: बुरा-भला कहती रहती थीं लेकिन सुकरात अपनी मानसिकता पर उसका असर नहीं पड़ने देते थे। एक दिन जब सुकरात की पत्नी उन पर आगबबूला हो रही थीं और सुकरात मंद-मंद मुस्करा रहे थे, तो पत्नी ने आव देखा न ताव, पानी से

भरी बाल्टी उठाकर सुकरात के सिर पर उड़ेल दी। इस बात पर भी सुकरात को क्रोध नहीं आया बल्कि उन्होंने मुस्कराकर कहा, 'कौन कहता है कि जो बादल गरजते हैं, वे बरसते नहीं हैं?'

> संत सुकरात की पत्नी उनके शिष्यों के सामने उन पर कचरे का डिब्बा उड़ेल देती थीं तब सुकरात अपने शिष्यों से कहते थे कि 'अच्छा हुआ जो ऐसी पत्नी मिली। वह बीच-बीच में मुझे जाँचती रहती है कि कहीं मैं कच्चा तो नहीं रह गया। जिस तरह कुम्हार अपने मटके को ठोक-बजाकर जाँचते रहते हैं कि कहीं घड़ा कच्चा तो नहीं रह गया। पूरी तरह पककर तैयार हुआ है या नहीं। उसी तरह मेरी पत्नी भी मुझे जाँचती रहती है।'
>
> सुकरात जानते थे कि पत्नी अपनी कटुता से उनके सब्र का इम्तहान ले रही है। वह उन्हें आग में तपाकर कुंदन बना रही है। उनकी बुरी आदतों से उनका पीछा छूट जाए, इस दिशा में सहयोग कर रही है। हर इंसान को ऐसी ही मानसिकता रखनी चाहिए। रिश्तों में वाद-विवाद हो रहे हैं यानी आपकी ही प्रार्थना पूरी की जा रही है। आप गुस्से से मुक्त होना चाहते हैं, इस वजह से रिश्तों में तनाव हो रहा है। जब आपको यह बात समझ में आएगी तब आपको स्वयं पर हँसी आएगी। फिर आप क्रोध से मुक्ति पाकर रिश्तों के तनाव से भी मुक्त हो पाएँगे।

प्रेम और विश्वास के लिए संसार व्यवस्था है। संसार हर इंसान के लिए व्यवस्था है, अभ्यास का मैदान है, जहाँ पर अभ्यास करके वह सत्य प्राप्त कर सके। जिस लक्ष्य प्राप्ति के लिए इंसान पृथ्वी पर आया है, उसे प्राप्त करके ही पता चलता है कि 'अगर यह लक्ष्य प्राप्त नहीं किया होता, तो कितना बड़ा आनंद खोया होता।' जिसे अपना लक्ष्य स्पष्ट होता है, वह जानता है कि पृथ्वी पर रिश्ते बनाने के पीछे कौन सा मक़सद है। वह संसार के नाटक में नहीं अटकता, बिना अटके नाटक देखता है, आनंद लेता है और आनंद देने के लिए निमित्त बनता है।

रिश्ते आपको इसलिए दिए गए हैं ताकि आपका विश्वास प्रकट हो, आपमें प्रेम जाग्रत हो। संसार में रहते हुए अगर आपके रिश्ते ख़ूबसूरत हैं,

आपको मदद करने वाले हैं और उनमें भरपूर प्रेम है, तो वे आपकी सफलता की नींव बन जाते हैं। जीवन में आप जितनी ज़्यादा सफलता पाना चाहते हैं, आपको उतने ही ज़्यादा लोगों की मदद की ज़रूरत होती है। विश्वास और प्रेम जगाकर प्रकट करने के लिए ही इंसान पृथ्वी पर आया है, जिसके द्वारा मन निर्मल, प्रेम और दृढ़ बनता है।

रिश्तों में विकास करने के लिए आपको स्वयं के कुछ गुण बढ़ाने की आवश्यकता है। अगर आपने स्वयं में ये गुण बढ़ाए, तो आप आसानी से सामाजिक स्तर पर विकास कर पाएँगे। रिश्तों में कई बार ऐसा होता है कि आप दूसरों को दोष देते हैं। ऐसे समय पर स्वयं के गुणों की ओर ध्यान दें ताकि हर रिश्ते में आपका विकास हो। अगर हम शिकायत ही करते रहे, 'यह इंसान इतना अजीब व्यवहार क्यों कर रहा है? यह इंसान वैसे जीवन क्यों नहीं जीता है, जैसे हम जीते हैं?' आदि तो हम जीवन में विकास नियम का अपमान ही कर रहे हैं।

नीचे कुछ आवश्यक गुणों की सूची दी गई है। इस सूची द्वारा इस बात की जाँच करें कि आप पहले से कौन से गुणों पर कार्य कर रहे हैं और कौन से गुणों पर आपको आगे कार्य करने की ज़रूरत है।

गुणों की परख और कार्य योजना

1. सही संप्रेषण की कला : सामनेवाले को सुरक्षित महसूस करवाते हुए उसे उसकी ग़लती समझा पाना।
2. वचनबद्धता : जो वादा किया उसे पूरा करने के लिए अतिरिक्त श्रम करना।
3. निष्कपटता : अपनी कमज़ोरियों को न छिपाते हुए सामने वाले पर विश्वास रखना।
4. क्षमा स्वीकार भाव : लोगों की ग़लतियों को क्षमा कर, उन्हें वे जैसे हैं वैसे स्वीकार करना।
5. धन्यवाद भाव : लोगों के छोटे अच्छे कार्यों को नज़रअंदाज़ न करना, उन्हें धन्यवाद देना।

6. पूर्णता की कला : मन में बातें दबाकर रखने के बजाय, उचित समय देखकर उनकी पूर्णता की योजना बनाना।

7. प्रतिसाद देने की क्षमता : अपने व्यवहार से हर माहौल में सभी के मंगल का ध्यान रखते हुए निर्णय लेना।

8. बेशर्त प्रेम : सामने वाला आदर कम दे या न दे तो भी अपने प्रेम को न रोकना।

यह सूची आपके सामाजिक विकास का पहला क़दम है। इस राह पर आगे बढ़ते हुए अपने सामाजिक विकास के लिए कार्यसूची बनाएँ। कार्यसूची बनाने के लिए आगे दिए गए क़दम अपनाएँ।

जिस गुण पर आप कार्य करना चाहते हैं, उस पर गहराई से मनन करें। वह गुण आप क्यों बढ़ाना चाहते हैं, इस बात पर सबसे पहले सोचें।

दूसरे क़दम पर अपनी डायरी में विस्तार से लिखें कि उस गुण को बढ़ाने के लिए आपको कौन से आवश्यक क़दम उठाने हैं। जैसे, यदि आप वचनबद्धता के गुण पर कार्य करना चाहते हैं, तो इस बात की सूची बनाएँ कि सुबह से लेकर रात तक आप कौन से कार्य दिए गए समय पर, सही ढंग से पूरे नहीं कर पाते। इस सूची से आपको पता चलेगा कि किस क्षेत्र में वचनबद्ध होने की ज़रूरत है।

तीसरे क़दम पर आपको यह करना है कि आपने जो निर्णय लिया है, उस पर अटल रहें। जिन बातों को बदलने का निर्णय आपने लिया है, वे बातें ज़रूर बदलें, चाहे कोई भी दिक़्क़त आए।

चौथे क़दम पर समय-समय पर यह जाँचें कि आप अपने निर्णय के अनुसार चल रहे हैं या नहीं। हर रोज़ या हर हफ़्ते के अंत में अपनी डायरी को फिर से पढ़ें और जो बातें छूट रही हैं, उन्हें दोबारा शुरू करते हुए पूरा करें।

रिश्तों में अपना मन साफ रखें

आप स्वयं जानते हैं कि इन सवालों के सही जवाब कौन से हैं। इस आधार पर स्वयं अपना मूल्यांकन करें कि रिश्तों में आपका मन साफ़ है या नहीं। रिश्ते बनाने के लिए और उन्हें बरक़रार रखने के लिए मन की शुद्धता बहुत

आवश्यक है। आपका मन जितना शुद्ध होगा, आपके रिश्ते उतने ही बेहतर होंगे। इस बात को ध्यान में रखते हुए रिश्तों के प्रति अपनी भावनाओं को परखें।

1. हर रोज़ कुछ समय घर के कार्यों में हाथ बँटाएँ। ऐसा करने से आप घर के सदस्यों के साथ कुछ समय बिता पाएँगे और ज़िम्मेदारी लेकर उसे पूर्ण करने का एहसास आपमें एक नया आत्मविश्वास भर देगा।

2. घर के जिस सदस्य के दृष्टिकोण से आप असहमत हैं, उससे बातचीत करें। सकारात्मक शब्दों में और शांत मुद्रा से उसे अपना दृष्टिकोण बताएँ। पूर्णता की कला अपनाने का प्रयास करें ताकि आपका मन शांत और शुद्ध रहे।

3. इस बात की पूरी संभावना है कि बीच-बीच में आपके मन में यह ख़याल आए कि हर बार रिश्ते निभाने की कोशिश आप अकेले ही करते हैं। जब ऐसा लगे, तब यह समझ याद रखें कि स्वयं का मन शुद्ध रहे इसलिए आप ये सब कर रहे हैं। सामने वाला बदले या न बदले, आपको बदलना है इसलिए आप ये सब कर रहे हैं। हर इंसान अपनी चेतना के अनुसार बर्ताव करता है। अगर कोई कम चेतना के स्तर पर बर्ताव कर रहा है तो इसका अर्थ यह नहीं है कि आप भी कम चेतना के स्तर पर उतर आएँ। आपको अपनी चेतना के स्तर के अनुसार उच्चतम चुनाव करना है। इस संदर्भ में एक अनोखा उदाहरण देखें।

   एक बार नदी में स्नान करते समय एक संत को बिच्छू दिखा, जो डूब रहा था। संत ने उसे बचाने के लिए पानी से निकाल लिया। पानी से बाहर आते ही बिच्छू ने संत के हाथ में डंक मार दिया। दर्द होने की वजह से संत के हाथ से बिच्छू छूटकर दोबारा पानी में गिर गया। जब यह सिलसिला कई बार हुआ तो संत के शिष्यों ने पूछा, 'जब वह बिच्छू बार-बार आपको डंक मार रहा है तो आप उसे पानी से निकाल क्यों रहे हैं?' संत ने भीषण पीड़ा के बीच भी मुस्कराते हुए जवाब दिया, 'डंक मारना बिच्छू का स्वभाव है, बचाना मेरा स्वभाव है। जब वह अपने स्वभाव के अनुसार काटना नहीं छोड़ रहा है तो मैं अपने स्वभाव के अनुसार बचाना क्यों छोड़ूँ?' इस बात को ध्यान में रखते हुए लोगों की

चेतना के स्तर को समझें और उसके अनुसार उनके साथ संबंध बनाएँ।

4. अगर आप किसी मित्र के दृष्टिकोण से परेशान हैं, तो उससे खुलकर बात करें। उस मित्र के साथ आपके रिश्ते की बुनियाद क्या है, यह परखें। अगर आपके रिश्ते की बुनियाद बेशर्त प्रेम है तो वह रिश्ता ज़रूर आगे बढ़ाएँ।

14

रिश्तों में विकास

बिना धीरज ज़ुबान साँप है, क्रोध उसका ज़हर है।
धीरज के साथ ज़ुबान रिश्तों में शहद लाती है।

एक बूढ़े दंपति ने अपनी शादी की पचासवीं सालगिरह बड़ी धूम-धाम से मनाई। सालगिरह के बाद अगले दिन जब पत्नी ने नाश्ते में ब्रेड सेंकी और बटर लगाकर नीचे का हिस्सा पति को थमाया तो पति ने कहा, 'भगवान के लिए आज तो रहम करो! पचास साल से मैं ब्रेड का नीचे वाला हिस्सा खा रहा हूँ लेकिन आज तक मैंने कुछ नहीं कहा। तुम मुझे हमेशा ब्रेड का नीचेवाला हिस्सा देती हो, जबकि मुझे ऊपर वाला हिस्सा पसंद है। आज तक मैंने चुपचाप तुम्हारे हिसाब से इस हिस्से को खाया है लेकिन पचास साल बाद मैं चाहता हूँ कि तुम मुझे ऊपर वाला हिस्सा दो।'

जैसे ही पति ने अपनी बात पूरी की, पत्नी जिस चाकू से ब्रेड काट रही थी, वह उसके हाथ से छूट गया। पत्नी ने हकलाते हुए कहा, 'हे भगवान, मैं तो तुम्हें ब्रेड का नीचे वाला हिस्सा इसलिए देती थी क्योंकि मुझे नीचे वाला हिस्सा पसंद था और मैं यह मानती थी कि तुम्हें भी यही पसंद होगा। मुझे क्या पता था कि तुम्हें ऊपर वाला हिस्सा अच्छा लगता है? अगर तुम यह बात

मुझे पचास साल पहले बता देते तो हम दोनों को ही अनावश्यक त्याग करने की ज़रूरत नहीं पड़ती। तब तुम्हें भी अपना मनपसंद हिस्सा मिल जाता और मुझे भी!'

बाद में वे दोनों इस बात पर ख़ूब हँसे कि एक ग़लत मान्यता के कारण उन्होंने पचास साल तक मनपसंद नाश्ता नहीं खाया था। हमें दूसरों के बारे में मान्यताएँ बनाते समय सावधान रहना चाहिए।

नाश्ता और ब्रेड तो छोटी बात है लेकिन बड़ी-बड़ी बातों में भी कई बार यही होता है। हम कई बार यह ग़लत मान्यता बना बैठते हैं कि सामने वाला बहुत क्रोधी है, जबकि दरअसल वह बहुत असुरक्षित होता है। हम यह मान्यता बना बैठते हैं कि सामने वाला बहुत घमंडी है, जबकि दरअसल वह हीन भावना से ग्रस्त होता है और ख़ुद को महत्त्वपूर्ण दिखाना चाहता है। हम यह मान्यता बना बैठते हैं कि कोई हमसे प्यार नहीं करता, जबकि दरअसल लोग हमसे प्यार तो करते हैं, बस इसका इज़हार नहीं करते हैं। हम यह मान्यता बना बैठते हैं कि लोग हमारा बुरा कर रहे हैं और हमारी एक भी इच्छा पूरी नहीं कर रहे हैं, जबकि वास्तविकता यह होती है कि लोगों को हमारी इच्छाएँ पता ही नहीं होती हैं इसलिए वे अपने हिसाब से काम करते हैं। इसलिए अगर आप ग़लत मान्यताओं के शिकार हैं, तो आपको चाहिए कि आप कुशलता से संवाद करके सामने वाले के दिल की बात जान लें और उसे अपने दिल की बात बता दें।

रिश्ते बेहतर बनाने के लिए सिर्फ़ इतना काफ़ी नहीं है कि आप अपनी तरफ़ से मन साफ़ रखें और प्रयास करें। *बेहतर रिश्ते आपके विकास की नींव है, सीढ़ी नहीं।* सामने वाला आपके बारे में क्या सोचता है और उसके जीवन की परिभाषा क्या है, यह जब तक आपको पता नहीं चलता, तब तक आपके रिश्ते बेहतर नहीं बनेंगे। जब आप सामने वाले की परिभाषा के अनुसार उसे प्रेम देना सीखेंगे और अपनी तरफ़ से सच्चा प्रेम रखेंगे, तभी लोग आपको समझ पाएँगे। रिश्तों में कई बार आपकी यह उम्मीद हो सकती है कि सामने वाला आपको समझे। हो सकता है कि सामने वाला भी आपसे यही उम्मीद रख रहा हो इसलिए सुनने और समझने की आदत डालें। सामने वाले का

क्या नज़रिया है, उसकी क्या अपेक्षा है, वह क्या कहना चाहता है, उसका उद्देश्य क्या है, यह सब जानने के लिए आपको ग़ौर से सुनना होगा। प्राय: हम अपने मुँह की कसरत करवाते रहते हैं और कानों को व्यायाम का ज़रा भी मौक़ा नहीं देते हैं।

अगर आप बेहतर सामाजिक संबंध बनाना चाहते हैं तो सुनने और समझने पर ध्यान दें। अधिकांश बहस इसलिए होती हैं क्योंकि आप सामने वाले की बात या उद्देश्य को समझ नहीं पाते हैं। सभी मैरिज काउंसलर कहते हैं, 'हर बहस के पीछे किसी न किसी का अज्ञान होता है।' ऐसे समय पर यही ग़लतफ़हमी सामने वाले को आ सकती है, इसका ख़याल करें और अपनी तरफ़ से सामने वाले के उद्देश्य को समझें, उसे पूरी स्वतंत्रता दें ताकि उसका भी विकास हो। रिश्तों में मनमुटाव न हो इसलिए आगे दी हुई बातों का ख़याल रखें।

1. अगर किसी के साथ मनमुटाव हो तो अपनी तरफ़ से उस इंसान की भावनाएँ समझने का पूरा प्रयास करें।

2. यह समझ रखें कि आपका मनमुटाव किसी इंसान के साथ नहीं बल्कि उसकी क्रिया या कार्य से हुआ है। आपको तकलीफ़ उस इंसान से नहीं, क्रिया से है। ऐसा समझें कि सामने वाले ने आपको एक पार्सल दिया है, जिसे खोलने के बाद आपके मन में नकारात्मक भावना आई। आपको सिर्फ़ मिले हुए पार्सल पर कार्य करना है, उस इंसान से नफ़रत नहीं करनी है। यह समझ रिश्तों में आपकी समझ बढ़ाएगी और आपकी चेतना का स्तर बरक़रार रखेगी।

3. जिन बातों को सामने वाले के साथ बातचीत करके आसानी से सुलझाया जा सकता है, उन्हें बिना वजह लंबा न खींचें। ऐसा करने से सामने वाले से ज़्यादा आपको तकलीफ़ होगी। याद रखें, अगर आप कटुता को अपने भीतर रखते हैं, तो यह एक रोगी विचार है, जो देर-सबेर आपको शारीरिक तौर पर भी रोगी बना सकता है। द्वेष, कटुता, क्रोध आदि बुरी भावनाओं से सामने वाले को कम, आपको अधिक नुकसान होता है। गौतम बुद्ध ने कहा है, *'क्रोध करना किसी दूसरे पर फेंकने के लिए तपता हुआ अंगारा पकड़ना है। इससे हाथ आपका ही जलता है।'*

4. जिन लोगों के साथ आपके रिश्ते अच्छे हैं, उनसे समय-समय पर स्वयं के बर्ताव के बारे में फ़ीडबैक लें। ऐसा करने से आपको सामने वाले की परिभाषा का पता चलेगा और उसके अनुसार आप उसे आदर तथा प्रेम दे पाएँगे।

5. हर हफ़्ते या महीने के अंत में जिन लोगों के साथ आपका मनमुटाव हुआ है, ऐसे लोगों की सूची बनाएँ। उस सूची में मनमुटाव का कारण भी ज़रूर लिखें।

6. यह सूची बनाने के बाद उसमें आगे लिखें कि आप इस मनमुटाव का समाधान कैसे करेंगे। अगले महीने की कार्यसूची में इसका समावेश करें।

7. मनमुटाव ख़त्म होने के बाद आपको जो सकारात्मक विचार आएँगे, वे ज़रूर लिखकर रखें। अगली बार जब आपका किसी के साथ मनमुटाव होगा, तब अपने सकारात्मक विचार ज़रूर पढ़ें। ऐसा करने से आपके मन में सकारात्मक भावना पैदा होगी।

8. विश्व की हर समस्या का शांतिपूर्ण समाधान उपलब्ध है, इस बात पर हमेशा यक़ीन रखें। आप जिस बात पर यक़ीन रखेंगे, उसके सबूत आपको मिलेंगे। अगर आपने सकारात्मक बातों में यक़ीन रखा तो आपको सकारात्मक बातों के सबूत मिलेंगे। सबूत मिलने के बाद आपका सकारात्मक बातों में यक़ीन पक्का हो जाएगा।

खण्ड 4

आध्यात्मिक विकास पथ

15

अंतिम विकास अवस्था

केवल इंसान को ईश्वर की ज़रूरत नहीं है,
ईश्वर को भी अपनी अभिव्यक्ति के लिए इंसान की ज़रूरत है।

हम कौन हैं? इस पृथ्वी पर क्यों आए हैं? इन सवालों के जवाब अगर हम जान गए तो विकास की पूर्णता हो जाएगी इसलिए स्वयं को जानना भी हमारा मुख्य लक्ष्य होना चाहिए। विकास नियम की यह अंतिम अवस्था है।

कल्पना करें कि आप सब एक हवाई जहाज़ या अंतरिक्षयान में सफ़र कर रहे हैं। सफ़र के दौरान आपके अंदर अचानक एक विचार कौंध जाता है, 'मैं कौन हूँ?' जब आप इस बात की पूछताछ शुरू करते हैं, तब आपको पता चलता है कि जिस यान में आप सफ़र कर रहे हैं, उसके नियंत्रण कक्ष (यान को नियंत्रण में रखने के लिए बनाया गया कंट्रोल रूम) में एक आइना लगा हुआ है और उस आइने में जब आप ख़ुद को देखेंगे, तब आपको 'मैं कौन हूँ?' इस सवाल का जवाब मिल जाएगा। वह आइना आपका दर्शन करवाएगा। यह जानने के बाद आप नियंत्रण कक्ष की ओर बढ़ते हैं, जहाँ आइना लगा हुआ है।

जैसे ही आप उस केबिन में प्रवेश करते हैं तो देखते हैं कि वहाँ एक पायलट बैठा हुआ है जो उस यान को चला रहा है,

नियंत्रित कर रहा है। आप आइने में ख़ुद का दर्शन करने जा ही रहे थे कि तभी आपकी नज़र यान के बाहर के दृश्य पर पड़ती है। आप देखते हैं कि सामने से और भी कई यान आपके यान की तरफ़ आ रहे हैं। तभी पायलट घबराकर कहता है, 'युद्ध शुरू हो गया है, दूसरे यान ने हम पर हमला कर दिया है। कृपया आप युद्ध करने में मेरी मदद करें, जल्दी से वहाँ पर लगे लाल बटन को दबाएँ, तब तक मैं आगे की तैयारी करता हूँ।'

पायलट की बातें सुनकर आप तुरंत उसकी मदद करने में जुट जाते हैं। वह अपना काम करते-करते आपको निर्देश देता जा रहा है कि 'अब आप नीला बटन तीन बार दबाएँ, अब हरा बटन दबाएँ।' आप पायलट के कहे अनुसार नीला, हरा और लाल बटन दबाने में लगे हुए हैं। पायलट आपसे कहता है, 'अरे! साथ में लीवर भी ऊपर करें' और आप उसकी बात मानकर तुरंत वैसा ही करने लगते हैं। अचानक पायलट कहता है, 'अरे! ज़रा सँभलकर... सामने से धूमकेतू आ रहा है।' धूमकेतू एक ऐसा पत्थर का टुकड़ा है, जो किसी उपग्रह से टूटकर नीचे की ओर तेज़ी से आता है। धूमकेतू कहीं यान से टकरा न जाए इसलिए पायलट कहता है, 'जल्दी से यान की दिशा बदलें, यह बटन दबाएँ, वह बटन दबाएँ।' अब आप उसी काम में बड़ी तन्मयता से लगे हुए हैं। जब आप सही बटन दबाते हैं तो पायलट आपको बीच-बीच में 'शाबाश... शाबास... वेरी गुड' कहकर आपका हौसला बढ़ाता है।

जब कोई काम करने पर हमें शाबाशी मिलती है तो हम उसमें दिलचस्पी लेने लगते हैं और उसमें मशगूल हो जाते हैं।

इस घटनाक्रम में आप उलझ जाते हैं क्योंकि आपके मन को अपनी तारीफ़ सुनना बहुत ही अच्छा लगता है। तारीफ़ सुनकर अंदर कहीं तो गुदगुदी होती है, मन और मोटा होता है और श्रेय लेने लगता है कि 'देखो मैंने कितना अच्छा काम किया, कितने सही बटन दबाए।' ख़ुद की तारीफ़ होते देखकर अब आप ख़ुद ही पायलट से पूछने लगते हैं कि 'अब कौन सा बटन दबाना

है? पीला बटन कितनी बार दबाना है? हरा बटन कितनी बार दबाना है? काला बटन कब दबाना है? कैसे दबाना है?' अब आपका पूरा ध्यान उसी में लगा हुआ है। आप क्या करने आए हैं, आपका लक्ष्य क्या था, यह सब तो आप भूल ही गए क्योंकि युद्ध शुरू हो गया और अब आप इसे बचाओ... उसे बचाओ... ऐसा करो... वैसा करो... में ही फँस गए। अब यही सिलसिला लगातार चल रहा है। पायलट भी आपसे बहुत खुश है, आपको शाबाशी देता रहता है।

इतना ही नहीं, कुछ समय बाद पायलट आपसे कहता है, 'तुम थोड़ी देर मेरी सीट पर बैठो, मैं अभी आता हूँ।' इस तरह पायलट आपको अपनी सीट पर बिठाकर कहीं चला जाता है और आप अकेले युद्ध के मैदान में डटे रहते हैं। पायलट वापस लौटने वाला है या नहीं?

कहानी पढ़कर आप सोच रहे होंगे कि यह कैसी काल्पनिक कथा है! लेकिन हमारे जीवन में ठीक यही चल रहा है। यह किसी और की नहीं बल्कि हमारी ही कहानी है।

- इस कहानी में यान प्रतीक है, आपके शरीर का।
- दूसरे यान प्रतीक हैं, आपके इर्द-गिर्द रहने वाले लोगों का।
- धूमकेतू प्रतीक है, चारों तरफ चल रही घटनाओं का, जिनकी आपसे टकराकर दुःख देने की संभावना है।
- बटन है, आपके व्यवहार, पैटर्न्स और ग़लत आदतें।
- आकाश यानी यह दुनिया, जहाँ आप रहते हैं। आइना है सत्य ज्ञान, जो आपको अपना दर्शन करवाता है।
- 'मैं कौन हूँ?' यह विचार आना यानी सत्य जानने की प्यास। अंतिम विकास की आस जागना।
- पायलट है, आपका मन।

पाठकों से निवेदन है कि कुछ देर पुस्तक को बाजू में रखकर अपनी आँखें बंद करें और देखें कि अब तक कौन-कौन से

धूमकेतू आपके जीवन में आए हैं? अर्थात कौन-कौन सी ऐसी घटनाएँ हुईं, जो आपको पसंद नहीं थीं और जिन्हें भूलने के लिए आप अलग-अलग बटन दबा रहे हैं? इसमें आपको कब-कब सफलता मिली, कब नहीं मिली? कब यान को झटका लगा, कब तकलीफ़ हुई? आपके जीवन में अब तक जो युद्ध हुआ है, उसे देख लें।

कुछ क्षण उपरांत अपनी आँखें खोलें।

आइए, अब आगे समझते हैं कि इस कहानी के माध्यम से क्या बताने की कोशिश की गई है।

कई बार आप अपने होने के अनुभव को जानना चाहते हैं, आपको मालूम भी होता है कि कैसे स्वअनुभव पर जाना है लेकिन शरीर और मन में आप इतना उलझ जाते हैं कि उसी को सब कुछ मानकर जीवन जीते रहते हैं। शरीर और मन के कार्यों को पूरा करने में ही दिन बीत जाता है और यह भूल जाते हैं कि आपको *अपने होने के एहसास** को पकड़ना था। आप देखते हैं कि दूसरे लोग कैसे घटनाओं में उलझते हैं, कैसे आदतन पुराना प्रतिसाद ही देते हैं और फिर आप भी वैसा ही प्रतिसाद देने लगते हैं। इसी कश्मकश में पूरा जीवन बीत जाता है।

समस्याएँ तो जीवन में आती रहती हैं। जब समस्याएँ आती हैं, तब आपके विचारों में युद्ध शुरू हो जाता है। कुछ समय बाद आप उन विचारों पर कुछ हद तक विजय पा लेते हैं। आप कुछ अच्छे रिश्ते बना लेते हैं, कुछ अच्छा काम कर लेते हैं तो आपको शाबाशी मिलती है। शाबाशी मिलने लगती है तो मन को लगता है, 'मैं कितना स्मार्ट हूँ, कितनी अच्छी तरह से समस्याओं को सुलझाता हूँ।' धीरे-धीरे मन सारा श्रेय लेने लगता है और आप इसी भ्रम में रहते हुए जीवन में होने वाली घटनाओं को सुलझाने में लगे रहते हैं कि सब कुछ मैं ही कर रहा हूँ। जैसे पायलट आपको अपनी जगह देकर चला जाता है, उसी तरह माँ-बाप, शिक्षक, नेता, समाज के बाक़ी लोग आपको अलग-अलग मान्यताएँ देकर चले जाते हैं और आप उन्हें सही

*शरीर के परे, आप जो असल में हैं उसे जानना, अनुभव करना।

मानकर सारा जीवन उसी भागदौड़ में व्यतीत कर देते हैं।

लगभग हर इंसान के साथ यही हो रहा है। इंसान अपने पुरखों द्वारा दी गई मान्यताओं से घिरा हुआ है, ऐसा करो... ऐसा मत करो... ऐसा करने से यह होगा... वैसा करने से वह होगा...। पुराने ज़माने में उस वक़्त की माँग के अनुसार कुछ मान्यताएँ बनी थीं। अब उन मान्यताओं की कोई आवश्यकता नहीं है लेकिन इंसान इस पर दोबारा सोचने के लिए तैयार ही नहीं है। वह उन्हीं मान्यताओं को अब तक सँभाले हुए है। जैसे, इस दिन नाख़ून नहीं काटने हैं, इस दिन खट्टा नहीं खाना है, इस दिन बाल नहीं काटने हैं, ज़्यादा न हँसें वरना रोना पड़ेगा आदि।

ये मान्यताएँ तरह-तरह की समस्याओं को न्योता देती हैं। अब उन्हें सुलझाते-सुलझाते इंसान परेशान हो जाता है। जब जीवन में सब कुछ अच्छा चल रहा होता है, कोई समस्या नहीं होती, तब कुछ समय के लिए इंसान को थोड़ी सी शांति महसूस होती है लेकिन यह शांति कुछ देर के लिए होती है।

फिर कोई समस्या आती है, कोई बड़ी दु:खद घटना होती है तो इंसान अपना सिर पकड़कर बैठ जाता है कि मेरे जीवन में यह सब क्या चल रहा है? व्याकुलता भरे इन क्षणों में उसे समझ में नहीं आता कि क्या करना चाहिए। वह सोचता है, 'सिरदर्द दूर करने के लिए मैं कोई दवाई ले लेता हूँ... दोस्तों से मिल आता हूँ... टी.वी. देखता हूँ... संगीत सुनता हूँ... कोई पत्रिका पढ़ता हूँ... कुछ खा लेता हूँ... कुछ ख़रीदारी करके आता हूँ' आदि। वह राहत के पीछे ही भागता फिरता है। असल में वह समय था आइना देखने का, गुरु से मिलने का, उनसे सत्य श्रवण करने का, ध्यान में बैठकर स्वअनुभव पर जाने का। ऐसे समय पर अगर वह ध्यान करता तो यह जान सकता था कि कैसे वह युद्ध के मैदान में न चाहते हुए भी पहुँच गया और धीरे-धीरे एक-एक चीज़ में खोता, उलझता और फँसता चला गया।

इस पृथ्वी पर आकर आपको स्वयं का अनुभव करना था। यही आपके जीवन का सच्चा विकास, तेजविकास है। यही विकास की अंतिम अवस्था है। आपको आइने के सामने जाकर सिर्फ़ उपस्थित रहना था। अपने आपको जानने का यह कितना सुंदर मौक़ा था! आपका लक्ष्य आपके सामने ही था लेकिन मन की बातों में आकर अलग-अलग तरह की समस्या और घटनाओं

से बचने के लिए आप माया का सहारा लेते-लेते उसमें ही उलझ गए। आप जिस उद्‌देश्य से इस पृथ्वी पर आए थे, वह उद्‌देश्य ही भूल गए, अपने तेजविकास को भूल गए।

उद्‌देश्य प्राप्ति के लिए मिले हुए इस यान में खिड़कियाँ भी हैं और दरवाज़े भी। अर्थात इस शरीर में एक नासिका द्वारा शुद्ध हवा अंदर जा रही है तथा दूसरी नासिका से अशुद्ध हवा बाहर निकल रही है। ख़ुद-ब-ख़ुद चलने वाली साँसों के द्वारा आपके शरीर को भरपूर ऑक्सीजन मिल रही है। जब आप दिनभर की व्यस्तता के बावजूद कुछ समय निकालकर अपने यान की स्क्रीन बंद रखते हैं यानी अपनी आँखें बंद करके जब आप ध्यान करते हैं, तब ख़ुद को यह याद दिलाते हैं कि मुझे फिर से उस बिंदु से शुरुआत करनी है, जहाँ पर मेरे अंदर ख़ुद को जानने का विचार था।

यह युद्ध (जीवन) तो चलता रहेगा पर आपको समझना है कि यान पहले से ही ऑटो पायलट पर है, वह ख़ुद-ब-ख़ुद अपनी दिशा लेता रहेगा। आपको कुछ करने या न करने की आवश्यकता नहीं है। आपको बीच-बीच में आइना ज़रूर देखना है। आइना देखकर जब आप ख़ुद को जानेंगे, तब ही तेजविकास होगा।

ख़ुद को जानने के लिए जितनी भी पुरानी दु:खद यादे हैं, उन्हें बाहर निकाल दें। अपने शरीर से सारी ग़लत मान्यताएँ, बेहोशी, अज्ञान निकालकर यान को नया बनाएँ। यह समझ रखें कि आप यान नहीं हैं, शरीर नहीं हैं, मन नहीं हैं। आप इस पृथ्वी पर आए हैं, सत्य का श्रवण, मनन, पठन करके ख़ुद को जानने के लिए।

सत्य श्रवण और पठन से आपकी सभी मान्यताएँ, आदतें, वृत्तियाँ जो धूमकेतू बनकर आ रही थीं, विलीन हो जाएँगी और बचेगा सिर्फ़ प्रेम, आनंद, मौन। सत्य का ज्ञान आपको तेजविकास के पथ पर बनाए रखेगा जिससे होगा स्वयं का साक्षात्कार, तभी आएगी अंतिम विकास की अवस्था।

जीवन में दुःख आते ही इंसान जीवन को धोखा समझने की ग़लती कर बैठता है। इस सुख-दुःख के चक्रव्यूह को तोड़ने के लिए आपको सीखनी होगी अलगाव की कला।

16

अलगाव की कला

न दुःख से झगड़ा, न सुख से लगाव

शरीर दुःख है अगर ज्ञान नहीं, मन दुःख है अगर निराश है,
बुद्धि दुःख है यदि समझ नहीं।

अलगाव की कला दुःख और सुख दोनों के पार ले जाती है। यह कला सीखने के लिए सबसे पहले आपको 'दुःख' शब्द का अर्थ समझना है। 'दुःख' शब्द में दो अक्षर हैं। पहला 'दु' और दूसरा 'ख'। आप जानते हैं कि जिस चीज़ में बुराई दिखती है, उसके नाम से पहले 'दु' लगा दिया जाता है। जैसे शासन बुरा हो तो उसे दुशासन कहते हैं। भाव अच्छे न हों तो उन्हें दुर्भाव कहते हैं। इसी तरह एक शब्द है 'दुविधा'। जब 'दुविधा' से 'दु' हटाते हैं तो बचता है 'विधा' या विदा। इस लिहाज़ से किसी अपने को विदा करने को दुविधा कहेंगे और अगर विदाई सुख दे तो उसे सुविधा कहेंगे।

जब आप विकारों से विदा लेते हैं तो आपको सुविधा मिलती है। ग़लत आदतों और मान्यताओं से विदा लेते हुए आपको अच्छा लगता है। इस तरह आप उच्चतम विकास करने की ओर बढ़ते हैं और अगर आपको बुरा लग रहा है यानी आप दुःख में उलझ रहे हैं।

ज़रा ग़ौर करें कि जब आप किसी से विदा लेते हैं या अलग होते हैं तो आपको कैसा महसूस होता है? ज़्यादातर दुःख ही होता है। इस मोह को तोड़ने

के लिए सभी संतों की शिक्षाओं में अलग होने को बहुत महत्त्व दिया गया है।

भगवान बुद्ध ने दु:ख को ही पहला आर्य सत्य बताया। जब भी हम किसी चीज़ से विदा लेते हैं तो मन में दु:ख की भावना होती है। जैसे जब आप सुबह नींद से विदा लेते हैं तो आपको लगता है कि 'काश थोड़ा और सोने को मिलता।' टी.वी. पर कोई पसंदीदा कार्यक्रम समाप्त होने पर आपको दु:ख होता है। स्वादिष्ट खाना मिलना बंद हो जाए तो आप दु:खी हो जाते हैं। दरअसल यह दु:ख ही दुविधा है।

इंसान के जीवन में ऐसी कई दुःखद दुविधाएँ होती हैं। जैसे कोई इंसान देखता है कि उसके बाल विदा हो रहे हैं यानी झड़ रहे हैं तो उसे दु:ख होता है। इंसान को उठने-बैठने, चलने-दौड़ने और भागने में शरीर से जो सुविधा मिलती है वह उम्र बढ़ने के साथ-साथ कम होते जाती है, इससे भी दु:ख आता है। इसी तरह जब कोई लड़की शादी के बाद विदा होकर ससुराल जा रही होती है तो उसके परिवार के सदस्य रो रहे होते हैं। क्योंकि विदा होने पर अपनेपन को खोने के ख़याल से दु:ख होता है।

जब आप किसी ए.सी. कमरे से बाहर आते हैं तो थोड़ी देर तक आपको असुविधा महसूस होती है। लेकिन ऐसी बातों को भी साक्षी भाव से (Mindfulness), पुनः साक्षी होकर (Remindfulness) और खेल-खेल में (Playfulness) देखना सीखना है। सुबह उठते ही आपको हर घटना को इसी तरह से देखना आना चाहिए। ऐसा करने से आप स्वयं समझ जाएँगे कि सुख से लगाव या दुःख से झगड़ा क्यों होता है। दिनभर में आपको ऐसी कई सुखद बातें दिखाई देंगी, जिनसे मन का लगाव होता है और उसके साथ दुःखद घटनाएँ भी होंगी, जिनसे मन का झगड़ा होता है।

इस दौरान दिनभर में आपको सुख-दुःख पर मनन करते हुए यह देखना है कि सुबह से लेकर रात तक कहाँ-कहाँ पर और किस-किस चीज़ के साथ आपका लगाव हो रहा है। एक बार अपने जीवन में झाँककर देखें कि किस व्यसन के साथ... किस तारीफ़ के साथ... किस इंद्रिय के साथ आपका लगाव बढ़ रहा है। जिस चीज़ से आपका लगाव बढ़ता है, वह आपको सुखद महसूस होती है और जिसके साथ लगाव महसूस नहीं होता, उससे आपको दुःख की भावना आती है।

दरअसल इंसान का सुख के साथ लगाव इसलिए होता है क्योंकि वह अपने जीवन में हमेशा सुख ही चाहता है। दुःखद भावना उसे अच्छी नहीं लगती इसलिए वह दुःख को स्वीकार नहीं कर पाता, उससे झगड़ा करता है। लेकिन इंसान यह बात भूल जाता है कि सुख और दुःख मनुष्य जीवन के दो पहलू हैं। ये दोनों एक-दूसरे के बिना अधूरे हैं। दुःख की वजह से ही इंसान को सुख का महत्त्व पता चलता है। यदि आप जीवनभर सुख की चाहत में दुःख के साथ झगड़ते ही रहेंगे तो ज़्यादा दुःखी ही होंगे। इससे बेहतर यही होगा कि दुःख को खुशी से स्वीकार करें तो आपका दुःख भी सुख में परिवर्तित हो जाएगा। यही समझ आपको मुक्ति की ओर ले जाएगी। कुछ उदाहरणों द्वारा इस विषय को और उसके साथ दी गई समझ को हम अधिक विस्तार से समझते हैं।

1. जब आप ख़रीदारी करने बाज़ार जाते हैं तब यदि आपको अपनी मनपसंद चीज़ नहीं मिलती तो कई दिनों तक आपके मन में उस चीज़ को पाने के विचार चलते हैं। इससे मन को दुविधा भी होती है क्योंकि आपको जो चाहिए था, वह विदा हो गया। यदि उसी समय वह चीज़ आपको मिली होती तो मन को सुविधा हो जाती और खुशी भी मिलती। लेकिन ऐसी चीज़ों के पार जो अवस्था है, असल में उसी की ख़रीदारी होनी चाहिए। यह ख़रीदारी अंदर ही होती है। इसलिए ऐसे समय तेजसुख यानी तेजुख की याद आनी चाहिए। अगर ऐसा होगा तो आपके लिए सब कुछ बहुत आसान हो जाएगा।

2. हर इंसान का अपने परिवार के सदस्यों के साथ लगाव रहता है और सभी एक-दूसरे से कुछ न कुछ पाने की उम्मीद भी करते हैं। यही उम्मीद अगर पूरी न हो तो दुःख होता है और उम्मीद के पूरा होने पर कैसा सुख मिलता है, इसकी कल्पना तक इंसान छोड़ना नहीं चाहता। इंसान को यह कल्पना भी बहुत खुशी देती है कि 'हर कोई वही कर रहा है, जो मैं चाहता हूँ।' जब किसी चाहत से लगाव होता है और वह पूरी न हो तो पता चल जाता है कि इससे लगाव था। जैसे अगर अचानक बिजली चली जाए तो कुछ लोग कहते हैं, 'अरे-अरे ये क्या हो गया, ऐसा नहीं होना चाहिए था' वगैरह-वगैरह। इससे पता चलता है कि जब बिजली थी तो उससे लोगों का लगाव था और मन कहीं न कहीं उसे स्थायी बनाने की सोच रहा था।

किसी चीज़ को जीवनभर के लिए स्थायी बनाने की इच्छा, कुत्ते की पूँछ को नली में डालकर सीधा करने की इच्छा जैसी है, जो कभी पूरी नहीं हो सकती। इससे इंसान जीवनभर दुःख में ही जीता रहता है। लेकिन अगर उसे यह पता चल जाए कि 'यह पूँछ सीधी हो या न हो, मुझे अपने अंदर ज़रूर सीधा होना है। क्योंकि सारा तेजुख वहीं है और उसी तक पहुँचने के लिए सारा ज्ञान मिल रहा है', तो दुःख समाप्त हो जाता है और इंसान तेजुख तक पहुँच जाता है।

3. जब इंसान को कोई शारीरिक तकलीफ़ या बीमारी होती है तो मन अंदर कहीं न कहीं उससे लड़ रहा होता है कि 'ऐसा न हो।' अब आपको एक नया प्रयोग करके देखना है कि 'अगर मेरे साथ ऐसा हो रहा है तो होता रहे। मैं केवल साक्षी होकर जानता रहूँगा।' यह अलगाव आपको शक्ति और आत्मबल देगा। आत्मबल के लिए ही आपको ध्यान का अभ्यास करना है। हालाँकि आपको शारीरिक तकलीफ़ों या बीमारियों के लिए डॉक्टर की मदद लेना या इलाज कराना बंद नहीं करना है। लेकिन आपके अंदर जो युद्ध निरंतरता से चल रहा होता है, इस अलगाव से वह ज़रूर बंद हो जाएगा। इसीलिए यह समझ बहुत महत्त्वपूर्ण है।

4. यदि आप मांसाहार का सेवन बंद करने का निश्चय कर लेते हैं लेकिन आपकी उस स्वाद के प्रति आसक्ति कम नहीं होती। इसी को लगाव कहते हैं। आपका मन इसे कहीं न कहीं अपने भीतर पालकर बैठ गया है। इसलिए अब आपको नया अभ्यास करना होगा। जिस तरह लोग घर में जानवर पालते हैं, उसी तरह आपके पेट को मांसाहार करने की आदत पड़ गई है, इसीलिए वह उस स्वाद की माँग कर रहा है। लेकिन आपको लक्ष्य के अनुसार अपने शरीर को मंदिर बनाना है। आपको देखना होगा कि आपने स्वयं को इसके लिए कितना तैयार किया है, इस तरह की इच्छाओं के बीच आप कहाँ रह सकते हैं और आप स्वयं कौन हैं, यह आपको कितना याद आता है?

आप जिस शरीर रूपी कुल्हाड़ी को तैयार कर रहे हैं, वह बाद में बिना किसी तकलीफ़ के सौ गुना अधिक तप कर सकेगी। दरअसल मन इन छोटे-छोटे सुखों को छोड़ना नहीं चाहता लेकिन आदत को तो

बदलना ही होगा। ध्यान पर आप जितना काम करते जाएँगे, आसक्ति उतनी ही कम होती जाएगी।

5. पैसे से ख़रीदे जाने वाले सुख और अगर पैसा न मिले तो उसका दुःख, ये दोनों ही इंसान पर इकट्ठे हमला करते हैं, जो कि माया का हमला है। इसलिए इस बात को लेकर तुरंत सजग हो जाएँ कि असली व्यापार और असली कामयाबी क्या है? आपका असली व्यापार, असली सफलता और असली पृथ्वी लक्ष्य यह है कि आप इस पृथ्वी से कितना आनंद लेकर जाएँगे? वरना कई लोग ऐसे भी हैं, जिन्होंने पैसा तो बहुत कमाया लेकिन फिर भी वे हमेशा दुःखी ही रहे। यह कोई सफलता नहीं है।

   जब आप पैसे के साथ सही तालमेल रखेंगे तो वह स्वत: ही आपके पास आएगा। जब हम पैसे वाले लोगों को देखकर उनसे नफ़रत करने लगते हैं तो हमारा तालमेल बिगड़ जाता है। जब हम बार-बार इस विचार में उलझते हैं कि हमें पैसा नहीं मिला तो हम 'नहीं' की भावना में ही फँसे रहते हैं। आपको 'नहीं' की भावना से वापस 'है' की भावना में आना है। क्योंकि इस संसार में सभी के लिए सब कुछ भरपूर है इसलिए आपको जो चाहिए, वह आपके पास ज़रूर आएगा और कई गुना बढ़कर आएगा। आपका हिस्सा कोई और नहीं ले सकता क्योंकि यह कुदरत का क़ानून है। आप कुदरत को जितना समझेंगे, उतना ही प्रार्थना पर भरोसा करेंगे और उतना ही निश्चिंत रहेंगे।

6. किसी को अपनी शारीरिक बीमारी के चलते यह दुःख सताता है कि यह शरीर पृथ्वी लक्ष्य पाने में हमें सहयोग देगा या नहीं। इसे ऐसे समझें कि जैसे सिर्फ़ दो-चार डालियों वाला पेड़ भी कभी न कभी धूप से बचने के लिए काम आ सकता है, उसी तरह शरीर कैसा भी हो, इससे कोई फ़र्क़ नहीं पड़ता क्योंकि किसी न किसी रूप में वह आपके काम ज़रूर आएगा। आपको जो मिला है, जैसा भी मिला है उसे ही वरदान बनाने की कला आपको सीखनी है। आपको अपनी कमज़ोरियों और तकलीफ़ों को भी वरदान बनाना है। अगर आप इन्हें वरदान बनाने में अपना ध्यान लगाएँगे तो यह पृथ्वी लक्ष्य पाने में आपका मददगार ज़रूर बनेगा।

7. किसी को ऑफ़िस में लगातार नए-नए प्रोजेक्ट पर काम करने का

लगाव होता है और जब कोई प्रोजेक्ट नहीं मिलता तो उन्हें दुःख होता है। प्रोजेक्ट मिलने का सुख यानी मनमुताबिक़ काम मिलने का सुख। इसीलिए नए प्रोजेक्ट का ख़याल भी आपको ख़ुशी देता है। अब आप उस ख़याल से अंदर के ख़यालर को समझ रहे हैं। ख़यालर का अर्थ है ख़याल करने वाला यानी व्यक्ति। जब आप इस बात पर खोज करेंगे कि 'ख़याल करने वाला वह व्यक्ति कैसे बना?' तो पता चलेगा कि विचार आ रहे हैं और दुःख व सुख पैदा कर रहे हैं। फिर आपको समझ में आ जाएगा कि 'अगर मैंने दुःख और सुख, दोनों को सही ढंग से देखना सीख लिया तो प्रोजेक्ट चलते रहेंगे और मैं आनंद लेता रहूँगा।' फिर प्रोजेक्ट मिलने या न मिलने से सुख या दुःख नहीं आएगा। बल्कि उन्हें जानने वाले की जाग्रति महत्त्वपूर्ण होगी।

8. आजकल युवा पीढ़ी के लिए इंटरनेट और फ़ेसबुक एक नया सुख बन गया है। जो सामने दिख रहा है, उसमें लाइक्स और डिसलाइक्स आ रहे हैं, इसी में पूरा खेल चल रहा है और दोनों ही देखने को मिल रहे हैं। ऐसे में आपको सजग हो जाना चाहिए कि 'सिर्फ़ सुख (लाइक्स) मिलने के कारण मैं यहाँ ज़रूरत से ज़्यादा समय बिता रहा हूँ।' ऐसे में स्वयं से पूछें कि 'महत्त्वपूर्ण क्या है? इंटरनेट पर घंटों समय बिताने से मुझे ज़्यादा से ज़्यादा क्या मिलने वाला है?' तब आपको इसकी व्यर्थता समझ आएगी और फिर आप इन बातों में अतिरिक्त समय देना बंद कर देंगे, जो अब तक दे रहे थे। जब आप गौतम बुद्ध जैसे महापुरुष की तरह सम्यक संकल्प लेंगे और स्वयं से कहेंगे कि 'अब मैं सिर्फ़ दस या पंद्रह मिनिट ही इंटरनेट पर बैठूँगा' तो उतने समय के बाद आपका उससे लगाव स्वत: ही समाप्त हो जाएगा।

9. कुछ लोगों का अपने शरीर और मन दोनों से लगाव होता है इसलिए उन्हें बार-बार ऐसा लगता है कि हम अपना पृथ्वी लक्ष्य प्राप्त कर पाएँगे या नहीं? वास्तव में ऐसी शंकाओं से निपटने के लिए ही तो सत्य श्रवण किया जाता है क्योंकि ये शंकाएँ ही आपकी दुश्मन हैं। जब आप ध्यान में बैठते हैं तो बीच में चेकर आता है, जो यह चेक करना चाहता है कि 'कुछ हुआ या नहीं?' अगर नहीं हुआ तो फिर वह शंका लेकर आता है कि 'हो भी पाएगा या नहीं, मेरे लिए यह संभव है या नहीं?'

इससे निपटने के लिए आपको आत्मबल प्राप्त करना होगा। जिसके लिए आपको महापुरुषों की जीवनियाँ पढ़नी चाहिए। इससे आपको प्रेरणा मिलेगी और यह विश्वास बढ़ेगा कि अगर इतने सारे लोग यह सब कर पाए हैं तो मैं भी कर सकूँगा। आपको इसी प्रेरणा के साथ लगातार आगे बढ़ना है।

इंसान की कुछ चाहतें ऐसी होती हैं, जो अगर सांसारिक ढंग से पूरी न हों तो लोग उन्हें पूरा करने के लिए अध्यात्म के नाम पर सिद्धियों में उलझ जाते हैं और उसी को सच्चा मार्ग मान बैठते हैं। ऐसी सिद्धियाँ मन को बहुत सुख देती हैं क्योंकि लोग उन्हें बहुत बड़ी बात समझकर तारीफ़ करते हैं। लेकिन जब ऐसे लोगों को सत्य श्रवण का अवसर मिलता है, तब उन्हें समझ में आता है कि वास्तविकता कुछ और ही है। सिद्धियों से अलगाव करने के लिए आप निरंतर प्रार्थना करते रहेंगे तो सच्चा विकास ज़रूर होगा।

17

आध्यात्मिक जीवन लक्ष्य

अनुभव को कल्पना में लाने की कोशिश में विश्व के सारे धर्म,
मज़हब बने, लेकिन ईश्वर अनुभव है,
न कथा न कल्पना।

एक बार सम्राट फ्रेडरिक द ग्रेट अपने राज्य के बाहरी इलाक़ों में घूम रहे थे। सम्राट को इस बात पर बड़ा अहंकार था कि वे इतने बड़े सम्राट हैं। घूमते समय उन्हें एक बूढ़ा आदमी दिखाई दिया, जिसकी उम्र बहुत ज़्यादा थी लेकिन इसके बावजूद वह तनकर चल रहा था। सम्राट ने बूढ़े आदमी से पूछा, 'तुम कौन हो?' बूढ़े आदमी ने पहचान लिया कि यह सवाल पूछने वाला और कोई नहीं बल्कि सम्राट है। उसने हँसकर कहा, 'मैं एक सम्राट हूँ।'

यह जवाब सुनकर फ्रेडरिक भौचक्के रह गए। उन्होंने हँसकर कहा, 'अच्छा, तुम कहाँ के सम्राट हो? तुम किस राज्य पर शासन करते हो?' बूढ़े आदमी ने गर्व से सिर तानकर जवाब दिया, 'मैं स्वयं पर शासन करता हूँ।' यह जवाब सुनकर फ्रेडरिक निरुत्तर हो गए।

फ्रेडरिक के पास भौतिक साम्राज्य था, उनके पास सत्ता थी लेकिन दूसरी ओर बूढ़े आदमी के पास आध्यात्मिक सत्ता

थी। फ्रेडरिक समझ गए कि आध्यात्मिक सत्ता भौतिक सत्ता से बड़ी होती है क्योंकि पृथ्वी का सारा राजपाट तो यहीं पर रहने वाला है। असली उन्नति आध्यात्मिक उन्नति होती है। अपने मन पर जिसकी सत्ता होती है, वही सच्चा सम्राट है। जिसने अपनी इंद्रियों को जीत लिया, वही सबसे बड़ा विजेता है। जिसने अपने अवगुणों को दूर कर लिया और अपने गुणों का विस्तार कर लिया, 'मैं कौन हूँ' सवाल का जवाब जान लिया, वही सच्चा शासक है।

'मैं कौन हूँ?' यह सवाल जीवन में कभी न कभी सभी के मन में उठता है। इस सवाल का जवाब आध्यात्मिक विकास के लिए प्राप्त करना आवश्यक है। जब आप अपने अनुभव से इस सवाल का जवाब जानेंगे, तभी आप अपने जीवन में संतुष्टि और स्थिरता प्राप्त करेंगे।

जीवन की अलग-अलग घटनाओं और बाधाओं में आप किस हद तक स्थिर रह पाते हैं, इस बात का आत्मनिरीक्षण इस प्रकार करें :

अक्सर आपके मन में नीचे दिए गए कौन से सवाल उठते हैं, हाँ या ना में दर्ज करें।

1. जीवन का अंतिम लक्ष्य क्या है? हाँ ☐/ना ☐
2. ऐसा क्यों लगता है कि यह सब हम पहले ही देख चुके हैं? हाँ ☐/ना ☐
3. मैं कौन हूँ? हाँ ☐/ना ☐
4. क्या मुझे कभी गुरु मिलेंगे? हाँ ☐/ना ☐
5. मैं यहाँ क्यों हूँ? हाँ ☐/ना ☐
6. कहीं यह सपना तो नहीं चल रहा है? हाँ ☐/ना ☐
7. अगर कुछ भी नहीं होता, तो यह दुनिया कैसी दिखेगी? हाँ ☐/ना ☐
8. दु:ख का कारण क्या है? हाँ ☐/ना ☐
9. मृत्यु के बाद क्या जीवन होता है? हाँ ☐/ना ☐

जीवन की शिक्षाओं या सीख को याद रखना और उसमें रहना – यह पहलू न सिर्फ़ जीवन की शिक्षाओं या सिद्धांतों और जीवन के लक्ष्य को याद रखने के महत्त्व को दर्शाता है बल्कि उनमें रहने के लिए भी प्रेरित करता है। बहुत से लोग कहते हैं कि वे इस मार्ग, शिक्षाओं, सिद्धांतों पर चलने में समर्थ तो हो जाते हैं लेकिन हमेशा इन बातों को याद नहीं रख पाते। इस स्थिति में उनके लिए अपनी इच्छा, सत्य जानने की प्यास बढ़ाना बहुत ज़रूरी है।

आपकी इच्छा और प्यास कितनी होनी चाहिए? उतनी ही जितनी कि सुकरात के इस प्रसंग में बताई गई है। एक बार सुकरात के पास एक युवक आया और कहने लगा, 'मुझे ज्ञान पाने का रास्ता बताएँ।' सुकरात उसे समुद्र में अपने साथ ले गए और उसका सिर पानी में डुबो दिया। जब युवक साँस लेने के लिए बुरी तरह छटपटाने लगा, तब सुकरात ने उसका सिर पानी से बाहर निकालते हुए कहा, 'जब तुम ज्ञान के लिए उतनी ही बुरी तरह छटपटाओगे, जितना उस पल हवा के लिए छटपटा रहे थे, तब तुम्हें ज्ञान अपने आप मिल जाएगा।'

बेशर्त विश्वास और बेशर्त प्रेम प्रकट करने का लक्ष्य – इंसान को अपने जीवन में दो मुख्य बातों को प्रकट (रिलीज़) होने देना है, पहला है विश्वास, दूसरा प्रेम।

ऐसा करने के लिए हर इंसान को इसका अवसर मिलना आवश्यक होता है। आध्यात्मिक गुरु खोजी के बेशर्त विश्वास को बाहर निकालने में सहायक होते हैं। यह बेशर्त विश्वास गहरे मनन, ध्यान और श्रवण के बाद मिलता है या फिर गुरु के साथ प्रश्नोत्तर के बाद प्राप्त होता है।

जहाँ तक बेशर्त प्रेम का प्रश्न है, आपको उसके कई अवसर मिलते हैं। जब आप अपने परिवार के साथ होते हैं या काम पर होते हैं या फिर अपने मित्रों और रिश्तेदारों के साथ होते हैं। यही नहीं, बेशर्त प्रेम के अवसर आपको अनजान लोगों, पेन, टेबल, मोबाइल, गाड़ी, पौधे, पक्षियों के साथ भी मिल सकते हैं।

बेशर्त प्रेम है... भावनाओं और विचारों के स्तर पर, प्रार्थना द्वारा, ज़ुबान से कुछ बोलकर, कुछ काम करके अपने प्यार को अभिव्यक्त करना। बेशर्त प्रेम बाहरी परिस्थितियों के कारण या फिर किसी व्यवहार के कारण न

तो कम होता है और न ही बदलता है। ऐसा बेशर्त प्रेम बिलकुल शुद्ध होता है और उसमें बदले में कुछ पाने की कोई अपेक्षा नहीं होती। बेशर्त प्रेम अपने आपमें पूर्ण है।

शिवजी का एक भक्त था, जिसका नाम था पुष्पदंत। पुष्पदंत विद्वान होने के साथ एक अच्छा कवि भी था। वह अपने आराध्य देव शिव के बारे में एक गहन दार्शनिक कविता लिखना चाहता था। उसने बरसों की मेहनत के बाद कविता लिख ली, जिस पर उसे अहंकार होने लगा। उसे लगा कि उसने बहुत बड़ा काम कर लिया है और उसने अपनी कविता शिवजी के मंदिर में चढ़ा दी। शिवजी ने कहा, 'पहले नंदी के मुँह में झाँककर देखो।' कवि ने जब ऐसा किया, तो उसे नंदी के दाँतों पर उसकी कविता की एक-एक पंक्ति सूक्ष्म आकार में लिखी दिखाई दी। जिसे देखकर पुष्पदंत भौचक्का रह गया। पुष्पदंत को हैरान देखकर शिवजी ने कहा, 'यह सब बहुत पहले ही लिख दिया गया था। तुम तो सिर्फ़ इसे प्रकट करने के लिए निमित्त मात्र हो।' यह उदाहरण चाहे पौराणिक कथा का क्यों न हो लेकिन संकेत हर युग में उपयोगी है।

हमें हमेशा यह ध्यान रखना चाहिए कि हम इस पृथ्वी पर, इस संसार में ईश्वर का सौंपा कार्य करने आए हैं। यदि हमें कोई उपलब्धि मिलती है, तो हमें अहंकार नहीं करना चाहिए क्योंकि हम केवल निमित्त मात्र हैं। वास्तविक कर्ता तो कोई और है। कवि रहीम दान देते समय हमेशा अपनी नज़रें नीचे रखते थे। जब लोगों ने उनसे पूछा कि वे नज़रें झुकाकर दान क्यों देते हैं तो रहीम ने कहा कि दरअसल देने वाला कोई और है इसलिए वे नज़रें झुकाकर दान देते हैं। रहीम अव्यक्तिगत ढंग से दान देते थे। वे श्रेय लेने या अहंकार करने के जाल में नहीं उलझते थे।

हर इंसान की अपनी एक पहचान है, कोई लक्ष्य है। एक नाटक या फ़िल्म की तरह जीवन में भी उसे अपनी एक भूमिका अदा करनी है। एक बार जब वह इस लक्ष्य को जान जाता है, तब अंतिम विकास शुरू होता है।

अवैयक्तिक (impersonal life - नि:स्वार्थ जीवन) आध्यात्मिक परिपूर्णता या दूसरों की सेवा करने में तब असली खुशी मिलती है, जब बदले में कुछ भी पाने की कोई अपेक्षा नहीं होती। अवैयक्तिक जीवन यानी दूसरों के लिए यह जानकर जीना कि कोई दूसरा नहीं।

आपका जीवन वैयक्तिक है या अवैयक्तिक, यह तय करने के लिए खुद से कुछ प्रश्न पूछें : जब आप कोई कार्य करने के बारे में सोचते हैं तो आपके मन में पहला विचार क्या आता है : अपना स्वार्थ, अपना हित, अपना लाभ या दूसरों का हित और लाभ। क्या आप व्यक्तिगत स्वार्थ के लिए कार्य करते हैं या फिर आप सामाजिक या वैश्विक हित के लिए कार्य करते हैं? उदाहरण के लिए, कोई आदमी अपने स्वार्थ के लिए दवाओं में मिलावट करता है और यह भूल जाता है कि यह सामाजिक हित में नहीं है।

यदि आप इस संसार में आए हैं तो आपका जीवन ऐसा होना चाहिए कि आपके जाते समय यह बेहतर स्थान बने। महान वैज्ञानिक आइंस्टाइन ने कहा है, 'हर इंसान का यह कर्तव्य है कि वह दुनिया को कम से कम उतना तो वापस लौटाए, जितना वह उससे लेता है।'

आप जीवन में सच्चा विकास करना चाहते हैं तो इसका संकल्प आपको स्वयं लेना होगा। इस दिशा में आपको ईमानदारी से कुछ सवाल भी पूछने होंगे। जेम्स एलन जैसे महान विचारकों ने भी अलग-अलग शब्दों में यही कहा है कि *'सच्ची सफलता के लिए खुद से ये चार सवाल पूछें : क्यों? क्यों नहीं? मैं क्यों नहीं? अभी क्यों नहीं?'*

प्रश्न 1 : क्या आपको लगता है कि अपने जीवन के लक्ष्य को पूरा करने के लिए आप वही कर रहे हैं, जो आपको करना चाहिए? हाँ □/ना □

यदि हाँ, तो क्या आप इसे पूरी तरह कर रहे हैं? यदि नहीं, तो आप क्या सोचते हैं कि आपके जीवन का लक्ष्य क्या है, किस बात से आपको संतुष्टि, पूर्णता मिलती है? अपनी विकास डायरी में इसका जवाब लिखें।

किसी भी इंसान का आध्यात्मिक विकास उसे सच्ची खुशियों की ओर केंद्रित करने में मदद करता है। दरअसल, यह विकास सबसे पहले किया जाना चाहिए। आध्यात्मिक विकास का असर जीवन के अन्य पहलुओं पर सबसे अधिक होता है।

यह 'खुशी' की प्राकृतिक अवस्था में रहने की बात है। यह मन से परे जाने और स्वयं में स्थापित होने की बात है। नीचे दी गई बातों पर सोचकर आध्यात्मिक स्तर पर सफलता को नापा जा सकता है।

प्रश्न 2 : चेतना का स्तर

1. दिनभर के दौरान आपकी चेतना का स्तर, आपकी खुशी का स्तर कैसा रहता है? उच्च □/ निम्न □/ सामान्य □
2. हर रोज़ आप कितना आनंद लेते हैं? (1 सबसे कम, 10 सबसे ज़्यादा)

   1 2 3 4 5 6 7 8 9 10
3. जब कोई स्थिति आपके विपरीत होती है, क्या तब भी आप आनंद लेते हैं? हाँ □/ना □
4. क्या बाहर की परिस्थितियाँ या स्वयं से बातचीत आपकी चेतना के स्तर में रुकावट डालती है? हाँ □/ना □
5. कितनी बार और कितनी देर तक आप चेतना के उच्च स्तर को बनाए रख पाते हैं? (1 सबसे कम, 10 सबसे ज़्यादा)

   1 2 3 4 5 6 7 8 9 10

पूरी तरह से स्वीकार करना – जीवन के लक्ष्य को समझने के बाद, जीवन के सिद्धांतों की अच्छी समझ के साथ आती है 'पूर्ण स्वीकृति।' इस आधार पर मनन करें कि

1. क्या आप स्वयं को पूरी तरह स्वीकार कर सकते हैं? हाँ □/ना □
2. क्या आप अपने जीवन की परिस्थितियों को पूरी तरह स्वीकार कर पाते हैं? हाँ □/ना □
3. क्या आप दूसरों के व्यवहार को पूर्णतया स्वीकार कर पाते हैं? हाँ □/ना □

प्रश्न 3 : क्या आप 'रिस्क-फ्री' यानी माया में उलझाने वाले ख़तरों से मुक्त हुए हैं? नीचे दिए गए क्षेत्रों में से आपके किसमें अटक जाने की संभावनाएँ हैं?

1. लोभ और वासना □
2. आराम और आराम के साधन □
3. स्वादिष्ट भोजन/व्यंजन □

4. सत्ता–अधिकार/पद ☐
5. तंत्र–मंत्र ☐
6. ज्योतिष ☐
7. अलग होना और अलग लगना ☐

प्रश्न 4 : क्या ऐसी कोई वृत्तियाँ (पैटर्न) हैं, जो आपके आध्यात्मिक विकास में बहुत अधिक रुकावट डालती हैं?

प्रश्न 5 : क्या ऐसे अन्य मुद्‌दे हैं, जो आपके आध्यात्मिक विकास में आपकी मदद करते हैं? (उदाहरण के लिए : स्वस्थ शरीर, सच्चे मित्रों का सहयोग, एकांत स्थान इत्यादि)। अपनी विकास डायरी में सारे जवाब लिखें।

18

तेजविकास के दो महारथी

ध्यान और प्रार्थना

ध्यान मस्तिष्क के विचारों के तूफ़ान को शांत करने के लिए रामबाण औषधि है।

प्रार्थना और ध्यान मानसिक और आध्यात्मिक स्वास्थ्य दोनों के अचूक नुस्ख़े हैं। प्रार्थना करने से हमें अपनी समस्या समझने और उसे सुलझाने की युक्ति मिलती है। प्रार्थना करने से हमारे अंदर वरदान प्राप्ति की आशा जाग्रत होती है। प्रार्थना हमें क़ुदरत के साथ जोड़ने वाला वह बेतार यंत्र है, जिससे हम क़ुदरत को अपनी ज़रूरत बता देते हैं और इसके बाद क़ुदरत हमारी ज़रूरत पूरी करने की तैयारी में जुट जाती है। सेंट ऑगस्टिन ने प्रार्थना के संदर्भ में कहा था, *'ऐसे प्रार्थना करें, जैसे सब कुछ ईश्वर पर निर्भर करता हो। ऐसे काम करें, जैसे सब कुछ आप पर निर्भर करता हो।'*

प्रार्थना का एक अन्य लाभ यह है कि यह हमें व्यापक दृष्टिकोण प्रदान करती है। यह हमारे भीतर परिवर्तन लाकर हमें आध्यात्मिक सत्ता का ज्ञान कराती है। यह हमें आश्वस्त करती है कि हम अकेले नहीं हैं बल्कि हमारे साथ परम सत्ता की सद्‌भावना है।

ध्यान और प्रार्थना को लेकर ध्यान विशेषज्ञों ने बड़ी अच्छी बात कही है, *'प्रार्थना वह है जब आप ईश्वर से अपनी बात कहते हैं; ध्यान वह है जब*

आप ईश्वर की बात सुनते हैं।' ध्यान के दौरान आप अपने मन को विचारों से रहित बनाते हैं या आप अपने विचारों के साक्षी बनते हैं। आप अपने मन को एकाग्र करते हैं ताकि आप कुदरत के संकेतों को पकड़ सकें। ध्यान करने पर आप अपने मन को अधिक गहराई से जानने लगते हैं। ध्यान से मानसिक संतुलन बेहतर होता है और मानसिक स्वास्थ्य में वृद्धि होती है। गौतम बुद्ध ने कहा है, 'ध्यान करने से प्रज्ञा का जन्म होता है; ध्यान न करने से अज्ञान की अवस्था बनी रहती है। अच्छी तरह जान लें कि कौन सी चीज़ आपको आगे ले जाती है और कौन सी पीछे, फिर विवेक की ओर ले जाने वाला मार्ग चुनें।'

ध्यान द्वारा अपने जीवन का लक्ष्य पाएँ

हरेक के जीवन का एक लक्ष्य होता है। ऐसे में सवाल यह उठता है कि हरेक के जीवन का लक्ष्य क्या है? यह लक्ष्य है - स्वयं को जानना। जब आपको सत्य समझाया जाता है कि 'तुम कुछ नहीं हो' तो आपको ऐसा ज्ञान समझ में नहीं आता है। बिना ज्ञान के सबकी चाहत होती है कि वे किसी न किसी चीज़ (नाम, पद, जाति, राशि, रिश्ते या अपने शरीर) से जुड़े रहें और स्वयं को वही मानकर जीते रहें।

अपने आस-पास नज़र डालेंगे तो आप पाएँगे कि लगभग हर कोई आज मोबाइल लेकर घूम रहा है। इंसान अकेला रहना पसंद नहीं करता। हर समय वह किसी न किसी चीज़ के साथ जुड़ा रहना चाहता है। अपने हाथ में मोबाइल लेकर वह खुद को आत्मविश्वास से भरा पाता है। तात्पर्य- जिस प्रकार इंसान किसी न किसी चीज़ से जुड़ना पसंद करता है, ठीक उसी प्रकार अनुभव (सेल्फ़, चैतन्य) भी शरीर के साथ सदा जुड़े रहना चाहता है।

उदाहरण के रुप में, स्टेज पर जाते समय बहुत से लोगों के पास, हाथ में कुछ न कुछ होता है। जैसे - माइक, पेन इत्यादि। इससे उन्हें थोड़ा-बहुत आधार और सहयोग महसूस होता है। 'कोई न कोई चीज़ साथ में है', यह एहसास उनमें आत्मविश्वास लाता है। यह दृश्य आपने देखा होगा कि किसी के साथ कोई बात कर रहा होता है और हाथ में रखी चीज़ के साथ खेल भी रहा होता है। ऐसे में 'मैं यहाँ अकेला नहीं हूँ' की भावना उसे साहस देती है। जब आप किसी चीज़ से जुड़े नहीं होते, तब आपको अजीब सा महसूस होता

है क्योंकि आप किसी न किसी चीज़ से जुड़े रहना चाहते हैं। जिसे जो चीज़ मिल गई, उसी में वह सहारा ढूँढ़ता है। यदि किसी को कोई चीज़ न मिले तो वह असुविधा महसूस करता है, 'काश! कहीं कोई छड़ी ही मिल जाए' यह देखता है या फिर वह अपने चश्मे से खेलता है।

ठीक इसी प्रकार आंतरिक मन में भी कुछ कल्पनाएँ होती हैं, जैसे मैं लड़का हूँ, लड़की हूँ। हिंदू हूँ, मुसलमान हूँ। जिससे हम ज़िंदगीभर जुड़े रहते हैं। आप स्वयं इस बात से अनजान होते हैं कि आप किस मान्यता से जुड़े हुए हैं। हम हमेशा किसी न किसी बात को पकड़कर बैठे ही हैं। यह जुड़ाव ख़त्म हो सकता है एक सवाल से, जिसे आपको स्वयं से पूछना है।

'मैं कौन हूँ?' यह सवाल निरंतर स्वयं से पूछकर, उसका जवाब जानने की कोशिश करें। जब आप ट्यूबलाइट, पुस्तक या टेबल देखते हैं, तब आप ख़ुद से पूछें कि 'क्या मैं यह ट्यूबलाइट हूँ? क्या मैं पुस्तक हूँ? क्या मैं टेबल हूँ?' जवाब आएगा, 'नहीं'। इसी तरह अपने शरीर के लिए पूछें, 'क्या मैं यह शरीर हूँ?' और जवाब को जानने की कोशिश करें। आपका शरीर आपके सबसे नज़दीक है तो वह हर जगह, हर स्थिति में आपके साथ रहेगा। अब आप यह आसानी से मान लेते हैं कि 'मैं जहाँ भी गया हूँ तो यह शरीर साथ में रहता ही है तो मैं यही शरीर हूँ।' यही कारण है कि आपको उसके साथ ज़्यादा लगाव रहता है। जब आप साइकिल अथवा कार चलाते हैं तब अपने मित्रों से कहते हैं, 'यह मेरी साइकिल या कार है। आप यह कभी नहीं कहते कि यह कार या साइकिल मैं हूँ' उसी तरह जब आप शरीर चलाते हैं तब कहते तो हैं कि यह मेरा पैर, मेरा हाथ, मेरा रंग, मेरा चेहरा है – जैसे यह मेरी साइकिल, यह मेरी कार है लेकिन पूरे शरीर के साथ 'यह मैं हूँ' मान लेते हैं, जो असत्य भी है और आश्चर्य भी। कैसे इंसान अपनी असलियत इतना जल्दी भूल जाता है। अगर टुकड़ों में देखें तो शरीर का कोई भी अंग मैं नहीं तो शरीर मैं कैसे हुआ। सत्य यह है कि मैं शरीर नहीं। फिर मैं कौन हूँ? यही तो वह सवाल है जो हमें सत्य तक ले जाएगा। यही सवाल हमारा तेजविकास करेगा। तेज का अर्थ है दो से परे जैसे तेज आनंद है दुःख और सुख दोनों के परे का आनंद। जब आप यह बात अनुभव से जानेंगे कि 'आप शरीर नहीं हैं' तब आप उसे किसी चीज़ के साथ जोड़ना नहीं चाहेंगे। फिर आपको अपने होने का एहसास होगा।

मैं कौन हूँ?

पहले ध्यान के 20 क़दम पढ़कर समझ लें, फिर इसे शुरू करें।

1. अपनी चुनी हुई ध्यान अवस्था और मुद्रा में आँखें बंद करते हुए बैठें। ध्यान की शुरुआत में बिना किसी विशेष अनुभव की अपेक्षा रखते हुए, उत्तम परिणाम पाने के लिए जिसे आप मानते हैं उसे प्रार्थना करें।

2. शरीर को स्थिर रखते हुए अपने चारों तरफ़ चल रही आवाज़ों को सुनें। अलग-अलग तरह की कम से कम पाँच आवाज़ों को पहचानें। पहचानने की प्रक्रिया में जल्दबाज़ी बिलकुल न दिखाएँ। शांत मन से अपना ध्यान एक आवाज़ को सुनकर अगली आवाज़ की तरफ़ लगाएँ। किसी भी आवाज़ में अटककर उसे ही न सुनते रहें। केवल आवाज़ को पहचानें और अलग आवाज़ सुनने पर ध्यान लगाएँ।

3. जब कोई भी आवाज़ न हो तो मौन की आवाज़ को जानने की कोशिश करें, सन्नाटे का एहसास करें।

4. अलग-अलग आवाज़ें सुनने के बाद स्वयं से पूछें, 'क्या मैं यह आवाज़ हूँ?' जवाब आएगा, 'नहीं, मैं यह आवाज़ नहीं हूँ, मैं आवाज़ को जानने वाला हूँ' तो अंदर झाँककर देखें कि यह जानने वाला कौन है? यह सुनने वाला कौन है? स्वयं से कहें, 'मैं आवाज़ नहीं हूँ।'

5. अब अपना ध्यान वातावरण पर केंद्रित करें। आप जहाँ ध्यान के लिए बैठे हैं, वहाँ चारों तरफ़ के वातावरण को महसूस करें। जैसे वहाँ गर्माहट है, ठंडक है, सूखा है, गीला है, शरीर हल्का है, वज़नदार है या हवा में तेज़ी है या ताज़गी है या हवा कम है। सभी बातों को महसूस करें।

6. अगर आपको हवा महसूस हो रही है, गर्माहट या सर्दी महसूस हो रही है तो स्वयं से पूछें, 'क्या मैं यह वातावरण हूँ?' जवाब आएगा, 'नहीं, मैं यह वातावरण नहीं हूँ, मैं इस वातावरण को जानने वाला हूँ।' स्वयं से कहें, 'मैं यह वातावरण नहीं हूँ।'

7. अब अपना ध्यान शरीर पर केंद्रित करें। शरीर में आपको जहाँ अकड़न या दर्द महसूस हो रहा हो, उसे अनुभव से जानें। दर्द को जानते वक़्त शरीर किसी प्रकार से हिलने न दें।

8. पूरे शरीर में जहाँ हलकापन या भारीपन महसूस हो रहा है, जहाँ कपड़ा छू रहा है, हवा छू रही है, जहाँ खुजली या सूखापन महसूस हो रहा है, जहाँ पसीना आ रहा है, जहाँ जलन महसूस हो रही है, वह स्थान महसूस करें।

9. ध्यान में 'देखें' का अर्थ होता है 'जानना।' जानते वक़्त किसी भी तरह की कोई कल्पना न करें बल्कि शरीर में या शरीर पर जो हो रहा है, उसे महसूस करें। वह एहसास न अच्छा है और न ही बुरा, वह जैसा है उसे वैसे ही महसूस करें। स्वयं से पूछें, 'क्या मैं ये संवेदनाएँ हूँ?' जवाब आएगा, 'नहीं, मैं ये संवेदनाएँ नहीं हूँ, मैं इन्हें जानने वाला हूँ' तब तुरंत पलटकर उस जानने वाले पर शिफ़्ट हो जाएँ, अपने अंदर पहुँच जाएँ। स्वयं से कहें, 'मैं यह संवेदना नहीं हूँ।'

10. अब अपना ध्यान साँस पर केंद्रित करें। सहजता से देखें कि साँस कैसे चल रही है। यह महसूस करें कि किस नासिका से साँस अंदर जा रही है और किस नासिका से बाहर आ रही है। जब साँस अंदर जा रही है तब आपको पता चल रहा है कि साँस अंदर जा रही है। जब साँस बाहर आ रही है तब भी आपको पता चल रहा है कि साँस बाहर आ रही है।

11. अगर आपका ध्यान बीच में भटक जाए तो उसे वापस साँस पर लेकर आएँ। यह भी जानें कि साँस अंदर आवाज़ करते हुए गई या बिना आवाज़ के, बाहर आवाज़ करते हुए लौटी या बिना आवाज़ के। साँस सूक्ष्म है, गहरी है, उथली है या भारी है, साँस जैसी भी है; उसे बिना कोई लेबल लगाए जानते रहें।

12. साँस बाईं नासिका (चंद्र नाड़ी) से जा रही है या दाईं नासिका (सूर्य नाड़ी) से, यह जानकर स्वयं से पूछें, 'क्या मैं यह साँस हूँ?' जवाब आएगा, 'नहीं, मैं यह साँस नहीं हूँ, मैं साँस को जानने वाला हूँ।' स्वयं से कहें, 'मैं साँस नहीं हूँ।'

13. अब अपना ध्यान अपने अंदर उठने वाले विचारों को देखने में लगाएँ। इस वक़्त मन में जो विचार उठ रहे हैं, उन्हें जानें। एक विचार को जानने के बाद मन में जो अगला विचार आएगा, उसे जानें। पहले वाले विचार को जानने की कोई आवश्यकता नहीं है। एक विचार को देखने के बाद कहें, 'अगला।'

फिर यदि यह विचार आए कि 'कोई विचार ही नहीं आ रहा है।' तब यह समझ जाएँ कि यह भी एक विचार है। इसे देख लेने के बाद कहें, 'अगला।' जैसे-जैसे आप विचारों को देखते जाएँगे, वैसे-वैसे आप विचारों से अलगाव का आनंद भी ले पाएँगे। मन में जो भी विचार आ रहे हैं, उन्हें जानते हुए स्वयं से पूछें, 'क्या मैं यह विचार हूँ?' जवाब आएगा, 'नहीं, मैं यह विचार नहीं हूँ। पूरे विश्वास से स्वयं से कहें, 'मैं यह विचार नहीं हूँ।'

14. अब अपना ध्यान हाथों पर केंद्रित करें। यह जानें कि हाथों में कैसा महसूस हो रहा है। अपना ध्यान अपनी बाहों में ले जाएँ और वहाँ आपको कौन सा अनुभव हो रहा है, उसे जानें। जैसे आपको अपनी बाहें महसूस नहीं हो रही हैं या वज़नदार महसूस हो रही हैं या हो सकता है कि हल्की महसूस हो रही हैं। जो भी महसूस हो रहा है, उसे जानें। स्वयं से पूछें, 'क्या मैं यह हाथ हूँ?' जवाब आएगा, 'नहीं, मैं यह हाथ नहीं हूँ।'

15. यदि आप हाथ नहीं हैं तो आप कौन हैं, यह जानने के लिए अपना ध्यान पैरों में लेकर जाएँ। यह जानें कि आपको अपने पैर महसूस हो रहे हैं या नहीं, उनमें दबाव या हलकापन महसूस हो रहा है या नहीं। अच्छे-बुरे का लेबल न लगाते हुए स्वयं से पूछें, 'क्या मैं यह पैर हूँ?' जवाब आएगा, 'नहीं, मैं पैर नहीं हूँ।' स्वयं से कहें कि 'मैं पैर नहीं हूँ।' स्वयं से यह सवाल ज़रूर पूछें कि यदि आप पाँव नहीं हैं तो कौन हैं?

16. आप कौन हैं, इसका जवाब जानने के लिए ध्यान अपनी पीठ में लेकर जाएँ। पीठ कैसी महसूस हो रही है, यह जानें। कंधे से लेकर कमर तक हल्की, वज़नदार, दर्द या दबाव, जैसा भी महसूस हो रहा है, उसे जानें। स्वयं से पूछें, 'क्या मैं यह पीठ हूँ?' जवाब आएगा, 'नहीं, मैं इस पीठ को जाननेवाला हूँ।' स्वयं से कहें, 'मैं पीठ नहीं हूँ।'

17. अब अपना ध्यान धड़ में ले आएँ, ह्रदय पर ले आएँ और यह जानें कि पूरे हिस्से में कैसा महसूस हो रहा है। अपने आपसे पूछें, 'क्या मैं पेट हूँ? क्या मैं ह्रदय हूँ? क्या मैं गर्दन हूँ? क्या मैं कंधा हूँ? और अगर मैं ये सब नहीं हूँ तो मैं कौन हूँ? मैं इन सबको जानने वाला हूँ।'

18. अब अपना ध्यान चेहरे पर केंद्रित करें। यदि आप धड़ नहीं हैं तो अपने

चेहरे को महसूस करें। अपने चेहरे के चारों तरफ़ से जानें कि आपको अपना चेहरा महसूस हो रहा है या नहीं, चेहरे पर हल्कापन या पसीना महसूस हो रहा है या नहीं। यह जानें कि आँखों पर दबाव है या आँखें हल्की महसूस हो रही हैं। फिर स्वयं से पूछें, 'क्या मैं यह चेहरा हूँ?' अब जवाब स्वयं को दें।

19. अपने आपसे पूछें, 'मैं यह चेहरा नहीं हूँ, मैं यह शरीर नहीं, शरीर के अंग मैं नहीं, शरीर में चलने वाली साँस मैं नहीं, शरीर के अंदर का मन मैं नहीं, विचार मैं नहीं तो मैं कौन हूँ? मैं इन्हें जानने वाला हूँ। मैं स्व का ध्यान करने के लिए और स्व को जानने के लिए शरीर के साथ जुड़ा हूँ।' जैसे ही आपको यह समझ मिलेगी तो आपका शरीर से लगाव टूट जाएगा। आप शरीर का इस्तेमाल करेंगे, न कि शरीर आपका। कुछ देर बाद इसी अवस्था में रहते हुए आँखें खोलें।

20. आँखें खुली रखकर इसी अनुभव में बाहर टहलने जाएँ। शरीर को चलते हुए, काम करते हुए देखें। यह प्रयोग ज़रूर करके देखें।*

इस अनुभव में हमें जो समझ मिली, जो ताज़गी, आंतरिक शक्ति हमने प्राप्त की, जो शिफ़्टिंग (बदलाहट) हमें मिली, उस पर ज़रूर मनन करें। यह प्रज्ञा आपको रूपांतरित करके स्वबोध में स्थापित करेगी।

आप शरीर नहीं हैं और न ही आप मन हैं। आप इन दोनों से परे हैं। जैसे आपने स्वयं को जानने के लिए पूछा, 'मैं कौन हूँ?' वैसे ही अपने मन को जानने के लिए पूछें, 'मेरा मन क्या है?' आइए, 'मेरा मन क्या है? ध्यान' करके अपने मन को समझें, मन को समझकर स्वयं को जान लें, जो सच्चा तेजविकास है।

मेरा मन क्या है?

1. ध्यान में बैठने से पहले नियोजित समय का बज़र लगाएँ। उसके बाद ध्यान के लिए चुने हुए आसन और मुद्रा में, आँखें बंद करते हुए बैठें।

---

*इस ध्यान का ऍप (application) 'यू आर मेडिटेशन' के नाम से एन्ड्रॉइड, आय-फ़ोन, आय-पॅड और ऍमेज़ॉन पर हिंदी व अँग्रेज़ी में उपलब्ध है।

2. ध्यान की शुरुआत करने से पहले पूर्व तैयारी (ढीले कपड़े, कुर्सी अथवा आसन का चुनाव) कर लें।

3. ध्यान के दौरान आँखें बंद होने से अंदर का ख़ालीपन प्रकट होने में मदद मिलती है।

4. स्वयं को कहें, 'मैं अपने साथ बैठा/बैठी हूँ क्योंकि मैं स्वयं से प्रेम करता/करती हूँ।'

5. अपने मन का दर्शन करें और देखें कि 'मेरा मन कैसा है? उसमें जमी हुई पुरानी सोच कैसी है? मेरा मन क्या है?'

6. स्वयं से पूछते रहें, 'मेरा मन क्या है?। और अपने मन को जाँचते रहें कि आपका मन कैसा है? कट्टर है या लचीला है? ज़िद्दी है या सहज है? दयावान है या दूसरों के सुख से जलने वाला है? कहाँ पर मन आपका दुश्मन बन जाता है और कहाँ दोस्त बनता है?

7. स्वयं से पूछते रहें, 'मेरा मन क्या है?' देखें कि आपका मन कहाँ श्रेय (कार्य का क्रेडिट लेना) के पीछे भागता है? श्रेय मिलने के बाद वह क्या-क्या करता है? वह श्रेय लेना क्यों नहीं छोड़ना चाहता?

8. 'मेरा मन क्या है?' आपका मन कब बेहोशी में जाता है और कहाँ हृदयस्थान से आने वाली बातों पर अमल करता है? शरीर को शांत रखकर ही अपने मन को जाँचें।

9. आप अब तक बेहोशी में जी रहे थे, इस वजह से मन पर यह सोच जम गई कि 'मैं अलग हूँ, मैं हिंदू-मुसलमान, स्त्री-पुरुष, अच्छा-बुरा व्यक्ति हूँ।' अब फिर से सोचने का समय आया है।

10. जो आप हैं वह बनकर सोचें तभी जमी हुई सोच का असर आपके जीवन से समाप्त होगा।

11. स्वयं से पूछते रहें, 'मेरा मन क्या है? मेरा मन कैसा है? एक क्षण में खुश और दूसरे ही क्षण दुःखी क्यों होता है? कब उसके अहंकार को चोट पहुँचती है? नफ़रत को स्थान कब मिलता है? उसके पीछे जमी हुई सोच क्या है? यह सोच क्या सही है?

12. अपने मन में जमी हुई हर सोच को देख लें। आपकी जमाई सोच से ही दुःख शुरू होता है। मन आपका मेहमान बनकर बैठ जाता है। बिन बुलाया मेहमान!

13. सत्य का दर्शन करके अब धीरे-धीरे आँखें खोलें।

आइस्क्रीम की तरह मन में जमी हुई पुरानी सोच को पिघलाने का काम करता है यह ध्यान। जिस तरह इंसान अपने घर में चीज़ें जमा करके रखता है और फिर दिवाली की सफ़ाई में उन्हें फेंकता है। उसी तरह इंसान अपने मन में कई पुरानी धारणाओं को सँभालकर बैठा होता है। इस ध्यान द्वारा अपने मन की सफ़ाई करना सीखें। हफ़्ते में एक बार यह ध्यान तेजविकास करने के लिए ज़रूर करें।

विकास के अंतिम पड़ाव पर मैं कौन हूँ और मेरा मन क्या है (मेरा मन कौन, कैसा है) ध्यान बड़े मददगार साबित होंगे। अभ्यास जारी रखें। इस तरह आप अपनी जमाई हुई सोच से मुक्त होकर मुक्ति का आनंद लेंगे।

19

आध्यात्मिक विकास की रणनीति

स्मरण–धारण–निर्धारण

एक सटीक, निश्चित, पक्की कार्ययोजना निर्धारित करें,
उसे इस तरह लिखें जिसे पढ़ते ही आपको रोमांच महसूस हो
और फिर बिना पीछे देखे उसे शुरू कर दें।
यह आदत सत्य अभिव्यक्ति के लिए आवश्यक है।

'रणनीति' यानी किसी युद्ध या प्रतियोगिता में लड़ने की नीति। यही रणनीति हमें मन पर विजय प्राप्त करने के लिए बनानी है। नीति का अर्थ है- वह योजना, विकास पथ, नियम जिनका दृढ़ता से पालन किया जाना चाहिए। हनुमान ने भी अपना पूरा जीवन तीन रण वाली नीति के आधार पर जिया :

1- **स्मरण**, 2- **धारण**, 3- **निर्धारण**।

1. स्मरण (सिमरन)

'स्मरण' का अर्थ है- विकास पथ को याद रखना। कुछ चीज़ें हमारे स्मरण में रहती हैं, कुछ बातें हम भूल जाते हैं। लेकिन यह निश्चित करना अति महत्त्वपूर्ण है कि जीवन में ऐसी कौन सी बातें हैं, जिन्हें सदैव स्मरण रखना है, कभी नहीं भूलना है और ऐसी कौन सी बातें हैं, जिन्हें भूल जाने में ही भलाई है।

अपने मूल लक्ष्य को सदैव स्मरण रखना चाहिए। हम पृथ्वी पर क्यों आए हैं, इस बात को हमेशा याद रखना चाहिए ताकि आप माया में उलझकर न रह जाएँ। जब सत्य अभिव्यक्ति के लिए शक्तियों की आवश्यकता हो तो उन्हें हनुमान की तरह स्मरण करना चाहिए, आवश्यकता न होने पर उन्हें भूल जाना चाहिए वरना वे अहंकार का कारण बन सकती हैं। हनुमान ने ज़रूरत के समय शक्तियों का उपयोग किया अन्यथा वे अपने बारे में यही दोहराते थे, 'मैं तो एक साधारण वानर हूँ, मैं भला क्या कर सकता हूँ!' उन्होंने सदैव अपना पृथ्वी लक्ष्य (राम सेवा) स्मरण रखा और विभीषण को भी एक भक्त की ज़िम्मेदारियों का स्मरण कराया।

श्रीराम भी गुरु वशिष्ठ और विश्वामित्र के ज्ञान को कभी नहीं भूले। वे अपने कुल की मर्यादा को भी कभी नहीं भूले। उन्होंने उस ज्ञान को सदैव अपने जीवन में उतारा। अतः आपको भी ऐसी बातों को अपनी स्मृति में जगह देनी है, जो सदैव सत्य की याद दिलाएँ। आपके मन में संशय, नफ़रत, डर आदि विकारों को पैदा न करे। ऐसा कहा जाता है, 'नेकी कर दरिया में डाल।' अर्थात अपनी उपलब्धियों, अच्छे कर्मों को करके भूल जाना चाहिए वरना वे अहंकार को बढ़ाती हैं।

2. धारण

धारण का अर्थ है पहनना, जैसे कोई वस्त्र, आभूषण आदि धारण किया जाता है। लेकिन यहाँ पर नीति और आदर्शों को धारण करने की बात कही जा रही है। श्रीराम के कुल का महावाक्य था – 'प्राण जाए पर वचन न जाए'। उन्होंने सदैव इस महावाक्य को धारण किया। उन्होंने एक पत्नी व्रत धारण किया, असुरों के विनाश का संकल्प धारण किया। हनुमान ने राम सेवा को आजीवन धारण किया। हनुमान के समझाने पर विभीषण ने भी 'भक्ति इन एक्शन' के गुण को धारण कर, हमेशा सत्य का साथ दिया। जटायु ने अपनी मृत्यु के सामने भी सत्य निष्ठा को धारण किए रखा।

दूसरी ओर मानव इतिहास ऐसे मौक़ा परस्तों से भरा पड़ा है, जिन्होंने ज़रा सी विपत्ति आने पर या किसी लालच में पड़कर अपनी धारणाओं को सरलता से त्याग दिया और अपने देश, अपने धर्म, अपनी ज़िम्मेदारियों से ग़द्दारी की। कहने का अर्थ– कौन सी बात सिर्फ़ कहने भर के लिए कही जा

रही है और किसे वास्तव में धारण किया गया है, यह विकट परिस्थिति आने पर ही ज्ञात होता है।

3. निर्धारण

निर्धारण का अर्थ है- निर्णय लेकर उस पर अटल रहना। जीवन में कुछ निर्णय ऐसे होते हैं, जिन्हें लेने के लिए आपके पास बहुत समय होता है। आप बहुत सोच-विचारकर, किसी से सलाह करके निर्णय ले सकते हैं। लेकिन कभी-कभी ऐसी परिस्थितियाँ आती हैं कि तुरंत निर्णय लेने पड़ते हैं। ऐसे में वे ही लोग तुरंत और सही निर्णय ले पाते हैं, जिन्हें अपने आदर्शों, अपने सिद्धांतों का सदैव स्मरण रहा। जिन्होंने उन्हें पूरी निष्ठा से धारण किया है कि *'चाहे दुनिया इधर की उधर हो जाए, भले ही सामने कितना बड़ा लालच क्यों न हो, भले ही कितना बड़ा बलिदान क्यों न देना पड़े, मैं अपने मार्ग से पीछे नहीं हटूँगा।'*

आपको भी मन पर विजय प्राप्त करने के लिए आध्यात्मिक विकास की यह रणनीति अपनानी होगी। नए जीवन में नए बनकर प्रवेश करते हुए, 'मैं कौन हूँ' इस ज्ञान को स्मरण रखना है। उसे आभूषण की तरह धारण करना है और उसी ज्ञान के आधार पर जीवन में निर्धारण करना है।

आध्यात्मिक विकास करने की यह रणनीति अपना कुल-मूल लक्ष्य पाने के लिए सर्वश्रेष्ठ नीति है।

खण्ड 5

शारीरिक, आर्थिक विकास पथ

20

स्वास्थ्य का महत्त्व

शरीर को पिताजी का प्रेम, मन को माँ का प्रेम
और मस्तिष्क को गुरु का प्रेम दें
तो ही आपका जीवन आत्मअनुशासित हो पाएगा।

रूस में एक ग़रीब बेरोज़गार युवक था। एक दिन दुःखी होकर उसने टॉल्स्टॉय से पूछा, 'मैं बहुत ग़रीब हूँ। मेरे पास कुछ भी नहीं है। मैं अपनी इस ग़रीबी से बाहर कैसे निकल सकता हूँ?' टॉल्स्टॉय ने थोड़ी देर सोचने के बाद कहा, 'मेरा एक दोस्त मानव शरीर के अंग ख़रीदता-बेचता है। तुम जाकर उसे अपनी दोनों आँखें बेच दो, वह तुम्हें 20 हज़ार रूबल दे देगा।' युवक ने कहा, 'आँखें नहीं होंगी, तो मैं देखूँगा कैसे? मैं ये आँखें किसी क़ीमत पर नहीं बेच सकता।'

टॉल्स्टॉय ने कहा, 'अच्छा तो एक काम करो, उसे अपने दोनों हाथ बेच दो। इससे तुम्हें 15 हज़ार रूबल मिल जाएँगे।' युवक ने हाथ बेचने से भी इंकार कर दिया। आगे टॉल्स्टॉय ने कहा, 'तो फिर दोनों पैर बेच दो, तुम्हें 10 हज़ार रूबल मिल जाएँगे।' युवक ने कहा, 'मैं अपने पैर भी नहीं बेच सकता।' तब टॉल्स्टॉय ने कहा, 'अच्छा तो तुम एक काम और कर सकते हो। यदि तुम अमीर बनना चाहते हो, तो एक लाख में अपना पूरा

शरीर ही बेच दो। तुम्हें अपनी ग़रीबी से छुटकारा मिल जाएगा।' इस पर युवक ने झट से कहा, 'मैं एक लाख तो क्या, एक करोड़ में भी यह शरीर नहीं बेचूँगा।' तब टॉल्स्टॉय ने मुस्कराते हुए कहा, 'अभी तो तुम कह रहे थे कि तुम्हारे पास कुछ भी नहीं है और तुम बहुत ही ग़रीब हो। जो इंसान एक करोड़ में भी अपना शरीर बेचने को तैयार न हो, वह भला कैसे कह सकता है कि उसके पास कुछ भी नहीं है!'

युवक को संदेश मिल गया और वह समझ गया कि उसे जो मानव शरीर मिला है, वह बहुत ही मूल्यवान है और इसका सही उपयोग करके वह दौलत कमा सकता है। आगे उसने परिश्रम करके सफलता प्राप्त कर ली।

इंसान का स्थूल शरीर कुदरत की अद्‌भुत रचना का बेहतरीन नमूना है। इंसान के शरीर जैसी दूसरी रचना आज तक विज्ञान भी नहीं बना पाया है। विकास नियम अनुसार यदि हमें अपनी उच्च संभावनाओं को पाना है तो शरीर का सहयोग अति आवश्यक है। क्या आप इस बेहतरीन शरीर का मूल्य जानते हैं? क्या आप इस शरीर के लिए आवश्यक सभी बातों का ख़याल रखते हैं? क्या आप अंदरूनी स्वास्थ्य महसूस करते हैं? कई घंटे लगातार कार्य करने के बावजूद क्या आप स्वस्थ और उत्साही रहते हैं?

कहावत है, 'पहला सुख निरोगी काया।' जब तन स्वस्थ होगा, तभी मन स्वस्थ होगा। जैसा गौतम बुद्ध ने कहा है, 'शरीर के स्वास्थ्य को अच्छा रखना एक कर्तव्य है, वरना हम अपने मस्तिष्क को शक्तिशाली और स्पष्ट रखने में समर्थ नहीं हो पाएँगे।' यदि शरीर स्वस्थ नहीं है, तो आपके विचार और आपका नज़रिया भी अस्वस्थ होगा और आपका पूरा ध्यान अपनी अस्वस्थता पर केंद्रित होगा। आपको उत्साह और ऊर्जा का एहसास नहीं होगा। यह एहसास तो विकास का साथी है।

ज़रा इस बारे में सोचें कि जब आपकी कमर में दर्द होता है, तब आपके अधिकांश विचार किस बारे में होते हैं? कमर दर्द के बारे में। इसी तरह जब आपके दाँत में दर्द होता है, तो आपके अधिकांश विचार किस बारे में होते हैं? दाँत दर्द के बारे में। यानी अगर आप शारीरिक रूप से अस्वस्थ हैं, तो आपका अधिकांश ध्यान अपनी अस्वस्थता और उससे होने वाले कष्टों पर

केंद्रित होता है। ऐसे में आप अपने शरीर पर ही अटके रह जाते हैं और उससे आगे नहीं पहुँच पाते। यदि आप अपने जीवन को सार्थक बनाना चाहते हैं, तो अपने शरीर को स्वस्थ बनाएँ ताकि आप उससे आगे बढ़कर आध्यात्मिक विकास भी कर सकें।

अच्छे स्वास्थ्य के चार महत्त्वपूर्ण लाभ

1. शारीरिक स्वास्थ्य जीवन में न सिर्फ़ आत्मविकास के लिए अत्यंत महत्त्वपूर्ण है बल्कि सफलता के शिखर पर टिके रहने में भी आपकी मदद करता है। कई बार लोग अपने जीवन में बेहतर करियर और तरक़्क़ी के लिए शारीरिक स्वास्थ्य के साथ समझौता कर लेते हैं। जैसा रेब मैटेरी ने कहा है, 'बहुत से लोग दौलत हासिल करने के चक्कर में अपनी सेहत गँवा देते हैं और फिर अपनी सेहत हासिल करने के लिए उन्हें दौलत ख़र्च करनी पड़ती है।' शारीरिक स्वास्थ्य पर काम न करने का असर तुरंत नहीं होता। यही कारण है कि जब तक कुदरत चेतावनी नहीं देती, तब तक हम स्वास्थ्य पर ध्यान नहीं देते। जब तक स्वास्थ्य का संकेत नकारात्मक नहीं आता या कोई बड़ी शारीरिक बीमारी नहीं हो जाती, तब तक लोग व्यायाम की शुरुआत नहीं करते।

   सभी जानते हैं कि अपने शरीर को स्वस्थ रखने के लिए व्यायाम करना चाहिए। जब लोग व्यायाम नहीं करते हैं तो उनका वज़न बढ़ने लगता है। यह कुदरत का संकेत है कि आपको व्यायाम शुरू कर देना चाहिए। जब आप इस संकेत को नज़रअंदाज़ करते हैं, तो कुदरत कुछ और संकेत भेजती है : सीढ़ियाँ चढ़ने में आपका दम फूलने लगता है, आप ज़्यादा दूर तक पैदल नहीं चल पाते, आपको झुकने में दिक़्क़त होती है। जब आप कुदरत के इन संकेतों से भी नहीं चेतते हैं तो कुदरत आपको कुछ रोग भेजती है ताकि आपको संदेश मिल जाए। यदि आप पहले से ही अपने स्वास्थ्य पर ध्यान दें तो इन सारी समस्याओं से आसानी से बच सकते हैं।

2. शारीरिक-स्वास्थ्य न सिर्फ़ बाहरी विकास के लिए ज़रूरी है बल्कि आपको आंतरिक विकास का आनंद देने के लिए भी आवश्यक है। शारीरिक-स्वास्थ्य का यह अर्थ नहीं है कि किसी फ़िल्म स्टार की तरह

आपके सिक्स पैक्स हों या ख़ूबसूरत रंग-रूप हो। शारीरिक स्वास्थ्य का अर्थ तो यह है कि आप पूरी तरह चुस्त व तंदुरुस्त रहें। आप दिनभर ऊर्जावान महसूस करें। आपको शरीर में दर्द न रहे बल्कि हल्कापन महसूस हो। स्वस्थ शरीर वह होता है, जो ऊर्जा से परिपूर्ण होता है। यदि ऊर्जा में कमी है, तो इसका अर्थ है कि आप पूरी तरह स्वस्थ नहीं हैं।

3. सफल जीवन में संतुलन साधने का बड़ा महत्त्व है। अगर आप सफलता की ऊँचाई छूना चाहते हैं और उसके साथ-साथ पृथ्वी पर आने के अपने लक्ष्य पर भी कार्य करना चाहते हैं तो स्वस्थ शरीर के साथ यह आसान हो जाएगा। बिना संतुलन के सफलता पाएँगे तो पृथ्वी लक्ष्य छूट जाने की संभावना है।

4. जब शरीर अस्वस्थ होता है, तो मनुष्य आलस और थकान का शिकार हो जाता है। वह किसी अच्छे काम को नहीं करता है और अगर करता भी है, तो अच्छी तरह नहीं करता। वह हर कार्य को कामचलाऊ ढंग से करता है और कल पर टालने की प्रवृत्ति रखता है। ऐसे में वह कामयाबी की उम्मीद कैसे कर सकता है। अगर आपका शरीर स्वस्थ है और मन प्रशिक्षित है तो आप कोई भी सफलता आसानी से पा सकते हैं इसलिए शारीरिक स्वास्थ्य को कभी नज़रअंदाज़ न करें।

स्वास्थ्य इसी का नाम है – तन, मन और ऊर्जा की एकरूपता का नाम है स्वास्थ्य। इंसान के शरीर की सभी इंद्रियाँ जब उसके वश में होती हैं, तब उसका स्वास्थ्य उसके वश में होता है। हर इंसान जानता है कि उसका स्थूल शरीर स्वस्थ और निरोगी रहना चाहिए। लेकिन *शरीर के साथ-साथ मन, बुद्धि और रिश्ते भी स्वस्थ होने चाहिए, यह सत्य बहुत कम लोग जानते हैं।* इस स्वास्थ्य के साथ सामाजिक, आर्थिक और आध्यात्मिक स्वास्थ्य भी ज़रूरी होता है। ऐसा स्वास्थ्य जब किसी को मिलता है तब उसे कहते हैं, 'संपूर्ण स्वास्थ्य।'

क्या आप बता सकते हैं कि किस दिन आप स्वस्थ होते हैं? अगर आप अपने स्वास्थ्य के प्रति जाग्रत नहीं हैं तो इसका जवाब आपके लिए कठिन हो सकता है।

जिम रॉन के कथनानुसार, 'अपने शरीर की परवाह करें। यह आपके रहने के लिए एकमात्र स्थान है।' *आपका शरीर ही आपकी अभिव्यक्ति का साधन है इसलिए इसकी सही देखभाल करें।* शरीर के स्वास्थ्य पर मनन करें और उस पर अनुशासन रखने की योजना बनाएँ। उसे रोज़ ध्यान साधना के लिए बिठाने का समय निर्धारित करें।

21

आहार : स्वास्थ्य का पहला आधार स्तंभ

दुनिया की सर्वोत्तम पुस्तक 'जीवन' है,
जिसे पढ़ने के लिए आपको शरीर मिला है,
जिसे स्वस्थ रखना आपकी ज़िम्मेदारी है।

चौदहवीं सदी में बेल्जियम में रेनाल्ड तृतीय नामक ड्यूक रहता था। वह इतना मोटा था कि उसका उपनाम ही क्रेसस (अर्थात मोटा) पड़ गया। एक दिन रेनाल्ड का अपने छोटे भाई एडवर्ड से झगड़ा हो गया। एडवर्ड को इतना गुस्सा आया कि उसने अपने बड़े भाई के ख़िलाफ़ बग़ावत कर दी और उसकी संपत्ति पर क़ब्ज़ा कर लिया। फिर एडवर्ड ने अपने बड़े भाई के ख़िलाफ़ एक चाल चली। उसने अपने महल में भाई के लिए एक कमरा बनवाया और उससे वादा किया कि अगर वह उस कमरे से बाहर निकल जाएगा तो वह उसे उसकी सारी संपत्ति और पदवी लौटा देगा।

अधिकांश लोगों के लिए यह काम आसान होता क्योंकि कमरे में कई खिड़कियाँ थीं और एक दरवाज़ा भी था। दिक़्क़त बस यह थी कि रेनाल्ड का शरीर इतना मोटा था कि उनमें से किसी भी खिड़की या दरवाज़े से वह बाहर नहीं निकल सकता था। इसका एक ही उपाय था : वज़न कम करना। इस अनोखी क़ैद से मुक्त होने के लिए रेनाल्ड को अपनी इच्छाशक्ति का

इस्तेमाल करके वज़न कम करना था।

बहरहाल, एडवर्ड अपने भाई की कमज़ोर नस को जानता था इसलिए वह हर दिन उसके लिए ज़ायक़ेदार व्यंजन भेजता रहता था। रेनाल्ड ने उस कमरे से आज़ाद होने की कोई कोशिश नहीं की बल्कि ज़ायक़ेदार व्यंजन भरपेट खाने की वजह से उसका शरीर और मोटा हो गया।

जब एडवर्ड पर क्रूरता का आरोप लगाया गया, तो उसने कहा कि 'रेनाल्ड जब चाहे, अपनी इच्छाशक्ति का इस्तेमाल करके आज़ाद हो सकता है।' रेनाल्ड उस कमरे में 10 साल तक रहा और वहाँ से तभी आज़ाद हुआ, जब एक युद्ध में एडवर्ड की मृत्यु हो गई। तब तक उसका स्वास्थ्य इतना ख़राब हो चुका था कि वह एक साल के भीतर ही मर गया।

उपरोक्त उदाहरण से समझें कि विकास की यात्रा में इंसान के रास्ते में ऐसी वृत्तियाँ बाधा बन सकती हैं। इसलिए हमें अपनी स्वाद कलिकाओं पर नियंत्रण रखना चाहिए। लोग स्वाद की ख़ातिर चटपटे, मसालेदार, जंक फूड, फ़ास्ट फूड, कोल्ड ड्रिंक्स इत्यादि का सेवन करते रहते हैं। उन्हें यह होश ही नहीं रहता कि वे जीभ की क़ैद में रह रहे हैं और अपने स्वास्थ्य को नष्ट कर रहे हैं। अपने खान-पान की आदतों के परीक्षण के लिए कृपया निम्न संक्षिप्त प्रश्नावली को देखें।

संक्षिप्त प्रश्नावली

1. क्या आप शाकाहारी हैं? हाँ ☐/ना ☐
2. क्या आप दिन में 3 बार (नाश्ता, दोपहर व रात का खाना) समय पर भोजन करते हैं? हाँ ☐/ना ☐
3. क्या आप खाने में नमक, चीनी, मैदा (जिन्हें तीन श्वेत विष कहा जाता है) और तेल का इस्तेमाल कम करते हैं? हाँ ☐/ना ☐
4. क्या आप महीने में एक-दो बार से अधिक फ़ास्ट फूड या होटल का भोजन करते हैं? हाँ ☐/ना ☐
5. क्या आप दिन में कम से कम एक बार संपूर्ण भोजन (दाल-चावल, रोटी, हरी पत्तेदार सब्ज़ी, दही और सलाद) लेते हैं? हाँ ☐/ना ☐

6. क्या आपके भोजन में कार्बोहाइड्रेट, प्रोटीन, फ़ाइबर, फ़ैट, विटामिन्स, मिनरल्स आदि का सही संतुलन रहता है? हाँ □/ना □

7. क्या आप दिन में कुछ फल खाते हैं? हाँ □/ना □

8. क्या आप हर रोज़ 4 लीटर पानी पीते हैं? हाँ □/ना □

9. क्या आप कोल्ड ड्रिंक्स, शराब, तंबाखू, सिगरेट आदि हानिकारक पदार्थों से परहेज़ करते हैं? हाँ □/ना □

शारीरिक स्वास्थ्य से संबंधित ये सारे सवाल आपको जाग्रत करने के लिए पूछे गए हैं। जो लोग हमेशा अपने स्वास्थ्य का ख़याल रखते हैं, उन्हें इस प्रश्नावली से गुज़रने के बाद बहुत ख़ुशी होगी। उनकी सोच बिलकुल सही है। जिस तरह वे आज तक अपने स्वास्थ्य का ख़याल रखते आए हैं, उसी तरह आगे भी उन्हें अपने स्वास्थ्य का ख़याल रखना है। कुछ लोगों को इस प्रश्नावली से गुज़रने के बाद बहुत दु:ख हो सकता है कि वे अपने स्वास्थ्य के प्रति बिलकुल जाग्रत नहीं हैं और उन्हें स्वास्थ्य का ध्यान रखने की ज़रूरत महसूस हो सकती है।

स्वास्थ्य की आहार संबंधी कार्य योजना

अपने स्वास्थ्य के प्रति केवल सजग होना काफ़ी नहीं है। आपको इसके आगे के क़दम भी उठाने हैं। इसके आगे आपको स्वास्थ्य बढ़ाने के लिए स्वयं कार्य योजना बनानी है। यह कार्य योजना नए साल के प्रण (न्यू इयर रिज़ोल्यूशन) की तरह न हो कि आपने संकल्प तो लिया लेकिन कुछ दिन बाद उसे छोड़ दिया। ऐसा न हो, इसलिए आपको आगे दिए हुए क़दमों पर कार्य करना है। आपको स्वास्थ्य से संबंधित कार्य योजना लिखित रूप में बनानी है। जब आप लिखित रूप में कार्य योजना बनाएँगे, तब स्वास्थ्य की याद सतत बनी रहेगी। स्वास्थ्य के लिए उठाया हुआ हर छोटा क़दम आपके लिए वरदान साबित होगा। ज़रूरत है सिर्फ़ तय किए हुए समय पर नया क़दम उठाने की। माइक एडम्स की बात याद रखें, 'आज 95 फ़ीसदी से अधिक बीमारियाँ खान-पान के ग़लत चुनाव, भोजन के हानिकारक तत्त्वों, पोषण की कमियों और शारीरिक व्यायाम के अभाव से उत्पन्न होती हैं।'

स्वास्थ्य आपके जीवन की नींव है। इसे मज़बूत बनाने के लिए कार्य योजना सबसे आवश्यक है। आपको आगे दिए हुए सवालों पर मनन करते हुए अपनी कार्य योजना बनानी है। आप इस कार्य योजना को दो भागों में विभाजित कर सकते हैं।

1. क्या करना है?

पहले भाग में स्वास्थ्य के लिए आपको कौन सी नई क्रियाएँ करनी हैं, इस पर मनन करें। जैसे :

अ. स्वास्थ्य बढ़ाने के लिए रोज़ 4 लीटर पानी पीना है।

ब. हर रोज़ तीन बार समय पर भोजन करना है।

क. हर रोज़ भोजन के अलावा ज़रूरत के अनुसार, डॉक्टर की सलाह से मल्टी विटामिन ले सकते हैं।

ड. हर रोज़ कम से कम कुछ फल ज़रूर खाने हैं।

इ. रात को जल्दी सोना और सुबह जल्दी उठना है।

इस तरह क्रियाओं की सूची बनाने के बाद अपने संकल्प को दृढ़ कर लें। इससे आपके रोज़मर्रा के जीवन में तब्दीली आएगी। शुरुआत में आपको अपने निर्णय बंधनकारक लगेंगे लेकिन फिर भी आपको निरंतरता से इन बातों का पालन करना है। *स्वास्थ्य प्राप्त करने की कुंजी है निरंतरता।*

2. क्या छोड़ना है?

दूसरे भाग में इस बात पर मनन करें कि स्वास्थ्य के लिए अपनी कौन सी आदतों को बदलना या छोड़ना है। जैसे :

अ. बाहर का खाना कम करना है।

ब. रात को सोते वक़्त लंबे समय तक टी.वी. नहीं देखना है।

क. दिन में दो बार से अधिक चाय-कॉफ़ी नहीं पीना है और जितना कम हो सकता है कम करें।

ड. नमक, चीनी, मैदा का प्रयोग कम से कम करना है।

इ. कोल्ड ड्रिंक्स, शराब, तंबाखू, सिगरेट आदि हानिकारक पदार्थों से परहेज़ करना है।

पहले भाग में स्वास्थ्य के लिए नए कार्य करना आपको आसान लग सकता है, लेकिन दूसरे भाग में अपनी आदतों को बदलना शायद आपके लिए मुश्किल हो सकता है। ऐसी अवस्था में हमेशा अपना लक्ष्य याद रखें। आपने स्वयं ही अपने स्वास्थ्य पर कार्य करने का निर्णय लिया है इसलिए आपको अपनी कार्य योजना का पालन करना ही है। ये आदतें बदलना आपके जीवन का एक अहम निर्णय हो सकता है। अगर आप माता-पिता हैं तो आपके बच्चे भी आपको देखकर स्वयं को बदल सकते हैं।

अपने गुण बढ़ाएँ

स्वास्थ्य की इस यात्रा में स्थूल शरीर पर कार्य करने का एक छिपा कारण भी है। जैसे-जैसे आप अपनी कार्य योजना अमल में लाएँगे, वैसे-वैसे आप महसूस करेंगे कि धीरे-धीरे आपमें कुछ गुण बढ़ रहे हैं, जैसे निरंतरता, समय का पालन, अनुशासन इत्यादि। ये गुण सिर्फ़ स्वास्थ्य बढ़ाने के संदर्भ में ही नहीं बल्कि अन्य जगहों पर भी काम आएँगे। अगर आप किसी ऑफ़िस में कार्य करते हैं, तो उसकी गुणवत्ता बढ़ेगी। अगर आप गृहिणी हैं तो आप घर के कार्य कम समय में और उत्साह के साथ कर पाएँगी। अगर आप विद्यार्थी हैं, तो अच्छे स्वास्थ्य की वजह से पढ़ाई में आपकी एकाग्रता बढ़ेगी, आप लंबे समय तक पढ़ाई कर पाएँगे। यह न भूलें कि गुण बढ़ाकर पृथ्वी लक्ष्य पाने आप इस पृथ्वी पर आए हैं और कुदरत के संकेतों को समझते हुए आपको यह कार्य करना है, तभी आपका पृथ्वी लक्ष्य पूर्ण हो पाएगा।

22

व्यायाम : स्वास्थ्य का दूसरा आधार स्तंभ

कमज़ोर के लिए छोटी समस्या पहाड़ है,
तंदुरुस्त के लिए बड़ा पहाड़ चींटी है।

चीन के एक बूढ़े धर्मगुरु हर दिन आश्रम में काम करते थे। वे सुबह-सुबह उठकर बगीचे में पेड़ों को पानी देते थे और साफ़-सफ़ाई करते थे। उनके शिष्यों को अच्छा नहीं लगता था कि उनके गुरु इतनी वृद्धावस्था में मेहनत करें। एक बार उन्होंने उनकी खुरपी और फावड़े छिपा दिए। गुरुजी को अगले दिन खुरपी और फावड़े नहीं मिले इसलिए वे उस दिन बागवानी नहीं कर पाए।

जब भोजन का समय हुआ तो शिष्यों ने देखा कि उस दिन गुरुजी ने भोजन नहीं किया। उन्होंने शिष्यों को इसका कारण नहीं बताया और शिष्यों की उनसे पूछने की हिम्मत भी नहीं हुई। डर के मारे शिष्यों ने खुरपी और फावड़े दोबारा जगह पर रख दिए।

अगले दिन गुरुजी उठे और खुरपी-फावड़ा उठाकर बागवानी करने लगे। दोपहर को जब भोजन का समय हुआ तो गुरुजी ने पहले की तरह ही भोजन किया।

शाम को गुरुजी ने शिष्यों को यह उपदेश दिया कि 'काम नहीं, तो भोजन नहीं। मानव शरीर श्रम के लिए बना है, यदि हम इसे सिर्फ़ आराम ही देंगे तो यह काम करना बंद कर देगा इसलिए इससे काम कराते रहें। कर्म ही पूजा है इसलिए कभी यह न सोचें कि आराम में मौज है। आराम से शरीर में ज़ंग लगती है, कर्म से ही शरीर की जंग साफ़ होती है और यह चमकने लगता है।

अगर कोई मनुष्य दिनभर ज़रा सा भी काम नहीं करता है, अपने शरीर को थोड़ा सा भी नहीं हिलाता है तो उसे भोजन करने का कोई अधिकार नहीं है। यही वजह है कि जिस दिन मैंने काम नहीं किया, उस दिन कुछ खाया भी नहीं।' शिष्यों को संदेश मिल गया।

हमें श्रम का महत्त्व जानकर आलस से दूर रहना चाहिए। यदि हम भी 'काम नहीं तो भोजन नहीं' का सूत्रवाक्य अपना लें, तो हमारा स्वास्थ्य कितना अच्छा हो जाएगा। फिर हम कर्मठ होने के बारे में सदा सजग रहेंगे।

प्राय: यह देखने में आता है कि लोग काम से दूर भागते हैं और हाथ पर हाथ धरकर चैन से बैठना चाहते हैं। हम यह भूल जाते हैं कि मानव शरीर के जिन अंगों का हम इस्तेमाल नहीं करते हैं, वे बेकार होने लगते हैं क्योंकि उनकी मांसपेशियाँ कुंद हो जाती हैं, उनमें ज़ंग लग जाती है। शारीरिक श्रम बेहद महत्त्वपूर्ण होता है क्योंकि उसी की बदौलत शरीर स्वस्थ रहता है। आज मनुष्य के जीवन में शारीरिक श्रम कम हो गया है और मानसिक तनाव बढ़ रहा है, इसी कारण उसे होने वाले रोगों की संख्या बढ़ गई है - ख़ासकर पाचन संबंधी रोगों की। सीधी सी बात है, मेहनत नहीं करेंगे तो खाना हज़म कैसे होगा!

शरीर को तंदुरुस्त रखने में स्वास्थ्य से संबंधित आदतों का बहुत महत्त्व होता है। आप सकारात्मक आदतों पर जितना कार्य करेंगे, उतना ज़्यादा आपका स्वास्थ्य बढ़ेगा। आगे व्यायाम संबंधी ऐसी ही कुछ आदतों की सूची दी गई है। इस सूची के अनुसार स्वास्थ्य से संबंधित अपनी आदतें पहचानें और जल्द से जल्द अच्छी आदतें अपनाएँ।

1. क्या आप व्यायाम करते हैं?

   सप्ताह में कम से कम तीन बार, हर बार कम से कम आधा घंटा।
2. क्या आप रोज़ प्राणायाम करते हैं?
3. क्या आप कम से कम सप्ताह में 2 बार योग करते हैं?
4. क्या आप पर्याप्त पैदल चलते हैं?

   कम से कम 2-3 कि.मी., सप्ताह में कम से कम दो बार।
5. क्या आप शारीरिक दृष्टि से चुस्त हैं? (यानी आप झुकते या पैदल चलते समय ऊह-आह तो नहीं करते हैं)

व्यायाम संबंधी कार्य योजना

1. आप स्वास्थ्य बढ़ाने के लिए अपनी दिनचर्या में व्यायाम संबंधी कौन से छोटे-मोटे परिवर्तन करने वाले हैं, इसकी कार्य योजना बनाएँ। जैसे अगर आप रोज़ाना किसी भी तरह का व्यायाम नहीं करते, तो कार्य योजना में रोज़ाना व्यायाम का संकल्प ज़रूर लें। किसी भी परिवर्तन को छोटा न समझें। बूँद-बूँद से ही सागर बनता है, इस बात को हमेशा ध्यान में रखें। आपके द्वारा किया हुआ छोटा परिवर्तन भी आगे चलकर आपका स्वास्थ्य बढ़ाने के लिए बहुत बड़ा मौक़ा साबित हो सकता है। सच ही कहा गया है, 'व्यायाम के मामले में दरअसल सिर्फ़ दो ही आवश्यकताएँ होती हैं। एक तो यह कि आप इसे करें। दूसरी यह कि आप इसे निरंतर करते रहें।'

2. कार्य योजना में आपको अपने संकल्प को तारीख़ और समय देना है। जैसे व्यायाम का संकल्प लेते हुए आप यह लिख सकते हैं कि आप रोज़ सुबह 7 बजे व्यायाम करने वाले हैं। कार्य योजना बनाते वक़्त हर बार कुछ बड़ा परिवर्तन करने के बजाय छोटे-छोटे क़दमों से शुरुआत करें। अगर आपने शुरुआत के कुछ दिन दो परिवर्तन करने की ठान ली और उन्हें पूरा किया तो आपका आत्मविश्वास और स्वास्थ्य दोनों बढ़ेंगे। उसके बाद धीरे-धीरे स्वास्थ्य बढ़ाने के लिए बड़े क़दम ज़रूर उठाएँ।

3. आप व्यायाम करते वक़्त यदि यह सोचते रहेंगे कि 'मैं जो कसरत करने जा रहा हूँ, वह बहुत कठिन है' तो आप व्यायाम शुरू ही नहीं कर

पाएँगे। लेकिन जब आप यह सोचेंगे कि पूरा साल व्यायाम कर लेने के बाद आपकी तंदुरुस्ती, आपके शरीर का लचीलापन और ताज़गी भरपूर होगी, तब आप व्यायाम को, हर कसरत को आसानी से कर पाएँगे। इस तरह स्वास्थ्य के लिए उठाया हुआ हर छोटा क़दम आपके लिए वरदान साबित होगा। ज़रूरत है सिर्फ़ तय किए हुए समय पर नया क़दम उठाने की। जैसा सारे फ़िटनेस ट्रेनर्स कहते हैं, 'व्यायाम के संदर्भ में सबसे मुश्किल चीज़ है, इसे शुरू करना। एक बार जब आप नियम से व्यायाम करने लगते हैं, तो इसके बाद इसे छोड़ना सबसे मुश्किल चीज़ हो जाती है।'

शरीर की मर्यादाओं को पहचानें

इंसान के स्थूल शरीर को जितना ज़्यादा चलाया जाता है, उसकी क्षमता उतनी ही बढ़ती है। अपने शरीर की मर्यादाओं को ध्यान में रखते हुए कार्य योजना बनाएँ। अगर आपको डॉक्टर ने किसी बात से परहेज़ करने के लिए कहा है तो उसे ध्यान में रखकर आगे बढ़ें। याद रखें, शरीर स्वस्थ रखने के उपाय सहज और सरल होते हैं। शरीर पर ज़ोर-ज़बरदस्ती करके स्वास्थ्य प्राप्त नहीं किया जा सकता इसलिए शरीर के लिए हमेशा मध्यम मार्ग अपनाएँ।

एक ही दिन में छरहरे या स्वस्थ होने के बारे में न सोचें। धीरे-धीरे कार्य शुरू करें। बेहतर होगा कि इस संदर्भ में किसी योग प्रशिक्षक या व्यायाम विशेषज्ञ की राय लें और सावधानी बरतें। ध्यान रखें कि बरसों की ग़लत आदतों के कारण आपका शरीर अस्वस्थ या मोटा हुआ है इसलिए लंबी मेहनत के बाद ही वह स्वस्थ और छरहरा हो सकता है। शरीर पर यदि आपने ज़रूरत से ज़्यादा दबाव डाला तो यह बग़ावत कर सकता है और फ़ायदे के बजाय नुक़सान हो सकता है।

बहाने न बनाएँ

अक्सर इंसान में यह प्रवृत्ति होती है कि वह अप्रिय कार्य से बचने के लिए बहाने बनाने लगता है और व्यायाम के मामले में भी प्रायः यही होता है। यदि उसने सुबह व्यायाम करने का संकल्प लिया है तो वह सुबह जल्दी नहीं उठता है। अलार्म बजता है तो उसे बंद कर देता है। रात को देर से सोने का बहाना बनाने लगता है। कभी इस काम का तो कभी उस काम का बहाना बनाता है।

कभी थकान का बहाना बनाता है। इस प्रकार इंसान व्यायाम से बचना चाहता है। वह शारीरिक कष्ट से बचने के लिए हर संभव प्रयास करता है।

दूरगामी लाभों पर निगाह रखें

शरीर को जो तात्कालिक कष्ट हो रहा है, उसे न देखें। व्यायाम के दूरगामी लाभों को देखें। स्वास्थ्य और चुस्ती तथा ऊर्जा और उत्साह के बारे में सोचें। व्यायाम से केवल आपकी शारीरिक चुस्ती या स्वास्थ्य में ही वृद्धि नहीं होती है बल्कि इससे आपके गुणों पर भी अच्छा असर होता है। आपमें एकाग्रता, कार्यक्षमता में वृद्धि आदि अच्छे गुण आ जाते हैं।

याद रखें, सारे व्यायाम एक से नहीं होते हैं। पैदल चलने, सूर्य नमस्कार और तैराक़ी को पूर्ण व्यायाम कहा जाता है क्योंकि इनमें पूरे शरीर की कसरत हो जाती है। दूसरी ओर, दौड़ने और एरोबिक्स को कार्डियो-वैस्कुलर व्यायाम कहा जाता है। तीसरा, जिम में मांसपेशीय कसरत एक अलग ही प्रकार का व्यायाम है। इंसान को योग्य चिकित्सक से परामर्श लेकर व्यायाम में सही संतुलन स्थापित करना चाहिए। योग के मामले में एक बड़ी अच्छी बात यह है कि इसके आसनों से शरीर के निश्चित अंगों पर तो अच्छा असर होता ही है, साथ ही मानसिक शक्ति में भी वृद्धि होती है।

23

स्वयं को देने की कला

लापरवाही+सुस्ती+ग़लत आदतें-समझ = पैसे की समस्या।
पैसे के बारे में सबसे महत्त्वपूर्ण समझ यह है कि पैसा रास्ता है, मंज़िल नहीं।

पृथ्वी पर जीवन जीने के लिए हर इंसान को पैसे की आवश्यकता होती है। इस आवश्यकता को ध्यान में रखते हुए हर इंसान अपनी नौकरी या व्यवसाय चुनता है। लेकिन अक्सर देखा जाता है कि हम धन का महत्त्व आवश्यकता से अधिक आँक लेते हैं और उसके संग्रह को अपना लक्ष्य बना लेते हैं। जीवन के अंत में जाकर हम पछताते हैं कि हमने धन संग्रह में अपना जीवन व्यर्थ कर दिया और यह बात भूल गए कि धन जीवन का साध्य नहीं, साधन मात्र है। जो साधन था, उसे हमने साध्य बना लिया, यह आर्थिक क्षेत्र में बहुत बड़ी भूल होती है। हमारा लक्ष्य तो पृथ्वी पर आकर अपनी उच्च संभावनाओं को प्रकट करना है, न कि केवल पैसे कमाना। जैसे विकास नियम कहता है, *'हर एक इंसान और वस्तु में उच्च संभावना मौजूद है जिसे प्रकट होना है।'* इसी नियम को हम इस पुस्तक द्वारा अपने जीवन में लाने का प्रयास कर रहे हैं।

कई लोग तर्क देते हैं कि वे पैसा अपने लिए नहीं बल्कि आगे आने वाली पीढ़ी के लिए कमा रहे हैं। इस संदर्भ में एक पते की कहावत है, *'पूत कपूत तो क्यों धन संचय, पूत सपूत तो क्यों धन संचय?'* यानी अगर आने

वाली पीढ़ी दुर्गुणी है, तो आप चाहे जितना पैसा कमा लें, वह उसे कुछ ही समय में समाप्त कर देगी। दूसरी ओर यदि आने वाली पीढ़ी सद्‌गुणी है, तो उसकी आर्थिक चिंता करने की क्या आवश्यकता है, क्योंकि वह स्वयं पैसे कमाने के क़ाबिल होगी। इन दोनों संभावनाओं को ध्यान में रखते हुए पृथ्वी पर आर्थिक नियोजन करें।

इंसान के जीवन में पैसा बहुत महत्त्वपूर्ण है लेकिन प्रत्येक को पैसे के बारे में सही समझ नहीं होती। पृथ्वी पर जीवनयापन का एक महत्त्वपूर्ण साधन है, पैसा। मानव सभ्यता के आरंभ में दैनिक आवश्यकताओं की पूर्ति के लिए वस्तु-विनिमय पद्धति होने की वजह से पैसा प्रचलन में नहीं था। आगे इंसान की ज़रूरतों का विकास हुआ और विनिमय साधन के रूप में पैसों का चलन शुरू हुआ।

इंसान का परम लक्ष्य पैसे कमाना नहीं है, उसका लक्ष्य तो पृथ्वी पर ही सत्य प्राप्त करना है। पैसा इस लक्ष्य प्राप्ति में सहायक मात्र है। पृथ्वी पर सही ढंग से इंसान की आजीविका चल सके और जब इंसान सत्य की खोज करे, तब पैसे के विचार उसे परेशान न करें इसलिए पैसों की आवश्यकता है। इसके बावजूद अगर आप जीवन में पैसे को ज़रूरत से ज़्यादा महत्त्व देते हैं, तो इस पर ज़रूर सोचें। पृथ्वी पर पैसा कमाना और उसे बढ़ाना ही सब कुछ नहीं है।

ईमानदारी से मनन करते हुए पैसे को सही ढंग से समझकर उसका योग्य इस्तेमाल करने का निर्णय लें। पैसे को हम इस्तेमाल करें, न कि पैसा हमें इस्तेमाल करे। प्रकृति के महान नियम जानकर न केवल धन की दौलत प्राप्त करें बल्कि धन के साथ-साथ ध्यान, ज्ञान, प्रेम, साहस, समय और सेहत की दौलत भी प्राप्त करें। जिसके पास ये सभी दौलतें उपलब्ध हैं, वही सच्चा दौलतमंद है।

ख़ुद को भी देना है

आप अपना पैसा दुकानदार, कपड़े वाले को, लाइट बिल के लिए, दूध वाले को और न्यूज़ पेपर वाले को देते हैं। इन ज़रूरतों के लिए सभी पैसा ख़र्च करते ही हैं लेकिन आप कभी अपने आपको पैसा नहीं देते हैं। आपको कभी ऐसा विचार ही नहीं आता कि अपने आपको भी पैसा देना चाहिए। आप

बाक़ी लोगों को प्रेम देते हैं लेकिन ख़ुद को कभी प्रेम नहीं देते। सभी को समय देते हैं लेकिन ख़ुद के लिए समय नहीं निकालते। सभी की तरफ़ ध्यान देते हैं लेकिन अपनी तरफ़ ध्यान नहीं देते इसलिए आपका वह विकास नहीं हो पाता जो अपने आपको पैसा, प्रेम और ध्यान देने से होता है।

आपको अपने लिए निर्णय लेना है कि आप अपने आपको कितने प्रतिशत पैसे देंगे। यह गणित इस तरह करना है कि आपके पास जो भी आमदनी आती है, उसके दस हिस्से करने हैं। आपके पास पैसे कम हों या ज़्यादा, जितने भी पैसे हैं, उसके दस हिस्से आपको बनाने हैं। जब पैसे की मान्यता टूटती है तब ग़रीब से ग़रीब इंसान भी उसके पास जो है, उसके दस हिस्से कर सकता है वरना इंसान यही सोचता है कि ज़्यादा पैसे कमाएँगे तो पैसे की समस्या सुलझ जाएगी और वह अमीर बन जाएगा। ऐसी सोच रखने वाला इंसान जीवनभर अमीर नहीं बन पाता बल्कि और दबाव में जीता है तथा हमेशा पैसे की तंगी महसूस करता है, क्योंकि उसने पैसे का रहस्य जाना ही नहीं है।

यह नियम बनाना है कि अगर आपके पास दस हज़ार रुपए आएँ तो कहें कि मेरे पास सिर्फ़ आठ हज़ार रुपए आए हैं। उन दस हज़ार रुपयों में से एक हज़ार रुपए आप स्वयं को दें और एक हज़ार (या जितना आप देना चाहते हैं) का विश्वास बीज डालें। ये पैसे आपके लिए समृद्धि का बीज बनेंगे। जब भी आप विश्वास बीज डालते हैं तो वह कई गुना बढ़कर आपके पास आता है।

अपनी कमाई का 10% हिस्सा स्वयं के लिए और 10% विश्वास बीज के लिए, किसी की मदद करने या दान में उपयोग करें। बाक़ी 80% अपनी आजीविका के लिए ख़र्च करें। कितनी भी कम कमाई हो, यह संभव है।

विश्वास बीज यानी ईश्वर पर विश्वास रखकर बोया गया बीज। विश्वास बीज डालने पर विशाल विश्वास वृक्ष खड़ा हो सकता है, जिससे फलों का संपूर्ण वन तैयार होने की संभावना खुल सकती है। यह कुदरत का विकास नियम है।

जिस तरह किसान, बाह्य परिस्थितियों की परवाह किए बिना, समय पर अपने खेतों में बुवाई करता है और कई गुना फ़सल प्राप्त करता है। उसी तरह इस दुनिया रूपी खेत में विश्वास बीज की बुवाई करके, विश्वास रूपी वृक्ष के फल प्राप्त किए जा सकते हैं। यदि आप आज से ही, समझ व होश के

साथ विश्वास बीज डालना शुरू करेंगे तो इनका तथा पुराने बोए हुए बीजों का भी लाभ ले पाएँगे।

ऐसे हज़ारों उदाहरण बताए जा सकते हैं, जहाँ किसी ने विश्वास बीज डालकर आरोग्य, धन, मित्र, वस्तुएँ, नाम, शोहरत, लक्ष्य, गुण, समय और आनंद प्राप्त किया लेकिन आपको अपना उदाहरण बनना है। योग्य स्थान चुनकर वह बीज बोएँ। सच्चे भाव से, योग्य समय तक इंतज़ार करें। आश्चर्य और आनंद की उम्मीद रखें। अविश्वास आने पर उसे तुरंत खदेड़ दें। विश्वास बीज को याद करके अपने आपसे कहें, 'मैंने विश्वास बीज डाला है इसलिए मुझे डरने की कोई आवश्यकता नहीं है। मैंने यह बीज ईश्वर को दिया है और मुझे इसकी उम्मीद ईश्वर से ही करनी है। मेरी सफलता निश्चित है।'

सही निवेश - विकास की चाबी

सही निवेश के द्वारा भी इंसान जीवन में आर्थिक विकास करता है। निवेश के कई विकल्प आज संसार में उपलब्ध हैं। राष्ट्रीय और अंतर्राष्ट्रीय स्तर पर हर रोज़ बाज़ार का विकास हो रहा है। आप एक छोटी रक़म के साथ शुरुआत करके भी अपना धन बढ़ा सकते हैं। ज़रूरत है धीरज और सही दिशा प्राप्त करने की।

किसी भी योजना में निवेश करते वक़्त इसी बात का ख़याल रखें कि आपके साथ धोखा न हो। पूरी जानकारी के साथ और आपातकालीन ख़र्च को ध्यान में रखते हुए निवेश करें। कार्य योजना में इन बातों का समावेश करें।

अ. हर महीने आप कितने पैसों का निवेश करने वाले हैं, यह तय करें।

ब. इस निर्णय के आधार पर पूरा नियोजन करें।

क. निवेश के सभी विकल्प अपने सामने रखें।

ड. उनमें से कौन सा विकल्प आपके लिए उत्तम है, इसका निर्णय लें।

ई. सही जाँच-पड़ताल के बाद ही निवेश का कदम उठाएँ।

सकारात्मक भावना रखकर अमल करें

पैसों के समुचित बहाव के लिए धन का लेन-देन आवश्यक है क्योंकि उसी से आपके धन में वृद्धि होगी, इसलिए ज़रूरत के वक़्त पैसे देते हुए कभी दुःख की भावना न रखें। आपको अपनी तरफ़ से यह ख़बरदारी रखनी है कि पैसों के आने में कभी रुकावट न डालें।

यह भाग पैसे के प्रति आपके विचार और भावनाएँ प्रकट करता है। इसलिए नीचे लिखी बातों पर ज़रूर अमल करें।

अ. कभी भी किसी भी जगह पर धोखे से टिकट के पैसे न बचाएँ। वे तीन रुपए बचाकर शायद आप अपने तीन सौ, तीन हज़ार, तीस हज़ार या तीन लाख रुपए रोक रहे हैं।

ब. अपनी ज़रूरतों के अनुसार वस्तुएँ ख़रीदें। ख़रीदारी करते वक़्त स्वयं से पूछें कि 'यह मेरी ज़रूरत है या चाहत?' किसी के साथ तुलना करते हुए या सिर्फ़ मन के आकर्षण की वजह से वस्तुएँ न ख़रीदें।

क. कोई इंसान अमीर है, सिर्फ़ इसलिए उसके साथ मित्रता रखने के बजाय उसके गुणों की वजह से उसके साथ मित्रता करें।

ड. हमेशा पैसे का आदर करें लेकिन उसे अति महत्त्व न दें।

इ. जब आपके द्वारा किसी को पैसे दिए जा रहे हैं तो हमेशा कहें, 'ये पैसे कई गुना बढ़कर मेरे पास आने वाले हैं।' इससे आपकी भावनाएँ हमेशा सकारात्मक होंगी।

24

दूसरों को देने की कला

दान देकर यदि आपको अच्छा लगे तो
समझें आपने सही भावना से दान किया।
मजबूरी या केवल कर्तव्य भाव से
किया गया दान आनंद नहीं देता।

दूसरों को देना, अपने लिए विकास के द्वार खोलने जैसा है। भारत देश में हमेशा से दान का महत्त्व बताया गया है। इतना ही नहीं बल्कि विश्व के हर धर्म और पंथ की शिक्षाओं में दान का समावेश किया गया है। दान के महत्त्व को हम एक कहानी द्वारा समझेंगे।

एक बार महात्मा गाँधी चरखा संघ के लिए चंदा इकट्ठा करते हुए पूरे देश में घूम रहे थे। जब गाँधीजी उड़ीसा पहुँचे, तब वहाँ बहुत सारे लोग दान देने के लिए आगे आए। बहुत से अमीर लोगों ने बड़ी-बड़ी धनराशियाँ दान में दीं। तभी एक ग़रीब बुढ़िया आई और उसने ताँबे का एक सिक्का गाँधीजी को दिया। गाँधीजी ने वह सिक्का अपने पास रख लिया। गाँधीजी के सहयोगी जमनालाल बजाज दान के सारे पैसों का हिसाब-किताब रख रहे थे। उन्होंने गाँधीजी से वह सिक्का माँगा ताकि उसे दान में आई धनराशी में जमा कर लें। गाँधीजी ने उस सिक्के को देने से इंकार कर दिया। जमनालाल बजाज ने कहा कि 'आपने इतनी बड़ी-बड़ी राशियों को तो अपने पास नहीं रखा, फिर उस बुढ़िया के एक सिक्के को इतना महत्त्व क्यों दे रहे हैं?' गाँधीजी

ने कहा, 'देखो, अगर कोई लखपति हज़ार रुपए का दान देता है तो उसका ज़्यादा महत्त्व नहीं है लेकिन उस बुढ़िया के पास तो यह एक ही सिक्का था, जिसकी उसे बहुत ज़रूरत थी। फिर भी उसने वह सिक्का दान कर दिया। एक तरह से उसने अपना सर्वस्व दान में दिया है, उसने इतना बड़ा त्याग किया है इसलिए यह मेरे लिए बहुत मूल्यवान है।'

ज़रूरी नहीं है कि आप हमेशा बड़ी रक़म दान करें। आपके द्वारा दिया गया छोटा दान भी अमूल्य हो सकता है, बशर्ते आपमें देने का सच्चा भाव हो। इसलिए छोटे दान को कभी छोटा न समझें। ज़रूरी यह है कि आप हर महीने या हर वर्ष कुछ रक़म का दान सही जगह पर ज़रूर करें। इससे देने के भाव में वृद्धि होगी।

इस भाग की कार्य योजना में इस बात पर मुख्य ध्यान दें कि हर महीने के नियोजन में दान देने के लिए कुछ पैसों का नियोजन ज़रूर हो। अगर आप सही ढंग से पैसे नियोजित करेंगे तो अवश्य कुछ न कुछ दान किया जा सकता है। कार्य योजना में इन बातों का भी ख़याल रखें।

दान देते वक़्त शुद्ध भाव से दान दें। याद रखें, ज़बरदस्ती से दिए हुए दान से सामने वाले को पैसे तो मिल जाते हैं लेकिन आपको उस दान का कोई लाभ नहीं मिलता।

दान देते वक़्त वह सही जगह पर दिया जाए, इसका हमेशा ख़याल रखें। अगर आपको सामने वाले पर शक है तो ऐसी जगह पर कभी दान न दें।

दान दिए हुए पैसों का जिक्र न हो तो ज़्यादा अच्छा। आज के आधुनिक युग में अगर रसीद की ज़रूरत हो तो रसीद ज़रूर लें लेकिन अपने दान की चर्चा कभी न करें।

भिखारियों को दान में पैसों की जगह खाना दे सकते हैं तो ज़रूर दें। समय के अनुसार अपने सामान्य ज्ञान का इस्तेमाल करते हुए निर्णय लें।

किसी विद्यार्थी की ज़रूरत के अनुसार उसकी मदद करने में न हिचकिचाएँ। अगर आपको कुदरत के द्वारा कुछ मिला है तो उसे बाँटने और बढ़ाने की ज़िम्मेदारी समझें।

'दान देने से कुछ नहीं होता', ऐसा कभी न समझें। दान देने से बाक़ी कुछ हो न हो लेकिन आपके मन में देने के भाव बढ़ते हैं। यह दान देने का सबसे बड़ा फायदा है।

अंतिम कार्य योजना

1. अंतिम कार्य योजना में सबसे पहले अपनी आदतें बदलने के लिए कार्य योजना बनाएँ। आने वाले एक दिन, एक हफ़्ते, एक महीने और एक साल में आप कौन सी आदतें बदलने वाले हैं, इसकी पूरी कार्य योजना बनाएँ।

2. पैसे बढ़ाने के लिए निवेश की कार्य योजना का पूरी तरह से पालन करें।

3. पैसों के सही नियोजन की आदत डालें। हर दिन, हफ़्ते, महीने और साल का नियोजन करें। यही नियोजन आपको आर्थिक स्तर पर आगे बढ़ाएगा।

4. पैसों से संबंधित कोई मान्यता न रखें। हर मान्यता से मुक्ति पाएँ। अपनी योग्यता बढ़ाने पर काम करें।

5. पैसों के प्रति अपना रवैया बदलें। कई लोग पैसों के विषय में बहुत संवेदनशील होते हैं। अगर आपका स्वभाव ऐसा है तो उसमें परिवर्तन लाएँ। आर्थिक स्तर पर आगे बढ़ने के लिए पैसों के प्रति संवेदनशील नहीं बल्कि जाग्रत रहें।

• • •

परिशिष्ट

सरश्री - एक अल्प परिचय

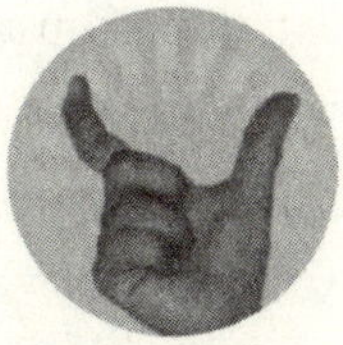

स्वीकार मंत्र मुद्रा

सरश्री की आध्यात्मिक खोज का सफ़र उनके बचपन से प्रारंभ हो गया था। इस खोज के दौरान उन्होंने अनेक प्रकार की पुस्तकों का अध्ययन किया। इसके साथ ही अपने आध्यात्मिक अनुसंधान के दौरान अनेक ध्यान पद्धतियों का अभ्यास किया। उनकी इसी खोज ने उन्हें कई वैचारिक और शैक्षणिक संस्थानों की ओर बढ़ाया। इसके बावजूद भी वे अंतिम सत्य से दूर रहे।

उन्होंने अपने तत्कालीन अध्यापन कार्य को भी विराम लगाया ताकि वे अपना अधिक से अधिक समय सत्य की खोज में लगा सकें। जीवन का रहस्य समझने के लिए उन्होंने एक लंबी अवधि तक मनन करते हुए अपनी खोज जारी रखी। जिसके अंत में उन्हें आत्मबोध प्राप्त हुआ। आत्मसाक्षात्कार के बाद उन्होंने जाना कि अध्यात्म का हर मार्ग जिस कड़ी से जुड़ा है वह है - समझ।

सरश्री कहते हैं कि 'सत्य के सभी मार्गों की शुरुआत अलग-अलग प्रकार से होती है लेकिन सभी के अंत में एक ही समझ प्राप्त होती है। 'समझ' ही सब कुछ है और यह 'समझ' अपने आपमें पूर्ण है। आध्यात्मिक ज्ञान प्राप्ति के लिए इस 'समझ' का श्रवण ही पर्याप्त है।'

सरश्री ने दो हज़ार से अधिक प्रवचन दिए हैं और सत्तर से अधिक पुस्तकों की रचना की है। ये पुस्तकें दस से अधिक भाषाओं में अनूवादित हो चुकी हैं और प्रमुख प्रकाशकों द्वारा प्रकाशित की गई हैं, जैसे पेंगुइन बुक्स, हे हाउस पब्लिशर्स, जयको बुक्स, हिंद पॉकेट बुक्स, मंजुल पब्लिशिंग हाउस, प्रभात प्रकाशन, राजपाल ऐंड सन्स इत्यादि।

तेजज्ञान फ़ाउण्डेशन – परिचय

तेजज्ञान फ़ाउंडेशन आत्मविकास से आत्मसाक्षात्कार प्राप्त करने का एक रास्ता है। इसके लिए सरश्री द्वारा एक अनूठी बोध पद्धति (system for Wisdom) का सृजन हुआ है। इस पद्धति को अन्तर्राष्ट्रीय मानक खडज 9001:2008 की आवश्यकताओं एवं निर्देशों के अनुरूप ढालकर सरल, व्यावहारिक एवं प्रभावी बनाया गया है।

इस संस्था की बोध पद्धति के विभिन्न पहलुओं (शिक्षण, निरीक्षण व गुणवत्ता) को स्वतंत्र गुणवत्ता परीक्षकों (quality auditors) द्वारा क्रमबद्ध तरीक़े से जाँचा गया। जिसके बाद इन पहलुओं को ISO 9001:2008 के अनुरूप पाकर, इस बोध पद्धति को प्रमाणित किया गया है।

फ़ाउण्डेशन का लक्ष्य आपको नकारात्मक विचार से सकारात्मक विचार की ओर बढ़ाना है। सकारात्मक विचार से शुभ विचार यानी हैपी थॉट्स (विधायक आनंदपूर्ण विचार) और शुभ विचार से निर्विचार की ओर बढ़ा जा सकता है। निर्विचार से ही आत्मसाक्षात्कार संभव है। शुभ विचार (happy thoughts) यानी यह विचार कि 'मैं हर विचार से मुक्त हो जाऊँ।' शुभ इच्छा यानी यह इच्छा कि 'मैं हर इच्छा से मुक्त हो जाऊँ।'

ज्ञान का अर्थ है सामान्य ज्ञान लेकिन तेजज्ञान यानी वह ज्ञान जो ज्ञान व अज्ञान के परे है। कई लोग सामान्य ज्ञान की जानकारी को ही ज्ञान समझ लेते हैं लेकिन असली ज्ञान और जानकारी में बहुत अंतर है। आज लोग सामान्य ज्ञान के जवाबों को ज़्यादा महत्त्व देते हैं। उदाहरण के तौर पर कर्म और भाग्य, योग और प्राणायाम, स्वर्ग और नर्क इत्यादि। आज के युग में सामान्य ज्ञान प्रदान करने वाले लोग और शिक्षक कई मिल जाएँगे लेकिन इस ज्ञान को पाकर जीवन में कोई बड़ा परिवर्तन नहीं होता। यह ज्ञान या तो केवल बुद्धि विलास है या फिर अध्यात्म के नाम पर बुद्धि का व्यायाम है।

सभी समस्याओं का समाधान है तेजज्ञान। भय से मुक्ति, चिंतारहित व क्रोध से आज़ाद जीवन है तेजज्ञान। शारीरिक, मानसिक, सामाजिक, आर्थिक और आध्यात्मिक उन्नति के लिए है तेजज्ञान। तेजज्ञान आपके अंदर है, आएँ और इसे पाएँ।

यदि आप ऐसा ज्ञान चाहते हैं, जो सामान्य ज्ञान के परे हो, जो हर समस्या का समाधान हो, जो सभी मान्यताओं से आपको मुक्त करे, जो आपको ईश्वर का साक्षात्कार कराए, जो आपको सत्य पर स्थापित करे तो समय आ गया है तेजज्ञान को जानने का। समय आ गया है शब्दों वाले सामान्य ज्ञान से उठकर तेजज्ञान का अनुभव करने का।

अब तक अध्यात्म के अनेक मार्ग बताए गए हैं। जैसे जप, तप, मंत्र, तंत्र, कर्म, भाग्य, ध्यान, ज्ञान, योग और भक्ति आदि। इन मार्गों के अंत में जो समझ, जो बोध प्राप्त होता है, वह एक ही है। सत्य के हर खोजी को अंत में एक ही समझ मिलती है और इस समझ को सुनकर भी प्राप्त किया जा सकता है। उसी समझ को सुनना यानी तेजज्ञान प्राप्त करना है। तेजज्ञान के श्रवण से सत्य का साक्षात्कार होता है, ईश्वर का अनुभव होता है। यही तेजज्ञान सरश्री महाआसमानी शिविर में प्रदान करते हैं।

महाआसमानी शिविर

यदि आपके पास सत्य प्राप्त करने की आकांक्षा अथवा इच्छा है तो महाआसमानी शिविर में आपका स्वागत है, जहाँ इस समझ में आपको सहभागी बनाया जाएगा। इस शिविर में भाग लेने के लिए आपको कुछ ख़ास माँगें पूरी करनी हैं। जैसे -

1. आपको सत्य-स्थापना शिविर में भाग लेना होगा, जहाँ आप सीखेंगे - वर्तमान के हर पल को कैसे जिया जाए और निर्विचार दशा में कैसे प्रवेश पाएँ।
2. आपको कुछ प्राथमिक प्रवचनों में उपस्थित होना है, जहाँ आप उस समझ को आत्मसात करते हैं, जो आपने सत्य-स्थापना शिविर में प्राप्त की है और तब आप महाआसमानी शिविर के लिए तैयार होते हैं।

महाआसमानी शिविर में असली अध्यात्म और सीधा सत्य तीन भागों में बताया जाता है - 1. हर वर्तमान पल को जीना, वर्तमान यानी न भूत का बोझ, न भविष्य की चिंता 2. 'मैं कौन हूँ', यह अपने ही अनुभवों से जानना 3. स्वबोध की अवस्था में स्थापित होना। यह शिविर सरश्री की शिक्षाओं पर आधारित है।

स्वबोध यानी **'जो आप वास्तव में हैं'** को जानने के लिए आए हुए सभी लक्षार्थियों के लिए यह महाआसमानी शिविर है। यह शिविर साल में तीन या चार बार आयोजित होता है, जिसका लाभ हज़ारों खोजी उठाते हैं।

यह शिविर चेतना की दौलत बढ़ाने के लिए तथा अंतिम सफलता पाने के लिए सत्य के हर खोजी के लिए अनिवार्य है। महाआसमानी शिविर में ईश्वरीय ज्ञान प्राप्ति (सेल्फ़ रियलाइज़ेशन) के बाद आप वह नहीं रह जाएँगे, जो आज आप हैं। आप नक़ली आनंद से दूर, असली आनंद के मार्ग पर चलने लगेंगे।

महाआसमानी ज्ञान पाने की तैयारी हर खोजी अपने नज़दीक के तेजस्थान पर कर सकता है। आप महाआसमानी शिविर की तैयारी फ़ाउण्डेशन में उपलब्ध पुस्तकों, सी.डी. और कैसेट को सुनकर भी कर सकते हैं। इसके अलावा आप टी.वी. और रेडियो पर सरश्री के प्रवचनों का लाभ भी ले सकते हैं लेकिन याद रहे, ये पुस्तकें, कैसेट, टी.वी. व रेडियो के प्रवचन शिविर का परिचय मात्र हैं, तेजज्ञान नहीं। आप महाआसमानी शिविर में भाग लेकर तेजज्ञान का आनंद ले सकते हैं।

मैं कौन हूँ? मैं यहाँ क्यों हूँ? मोक्ष का अर्थ क्या है? क्या इसी जन्म में मोक्ष प्राप्ति संभव है? यदि ये सवाल आपके अंदर हैं तो यह शिविर उसका जवाब है।

महाआसमानी शिविर आपके जीवन का लक्ष्य है क्योंकि यह शिविर आपको भयमुक्त और तनावमुक्त जीवन देता है, दुःख से मुक्त और दुःखी से भी मुक्ति देता है, सभी समस्याओं का समाधान करता है, आपको नकारात्म क विचारों से निकालकर आत्मसाक्षात्कार कराता है तथा सीधा, सरल, शक्तिशाली और समृद्ध जीवन देता है।

महाआसमानी शिविर की तैयारी नीचे दिए गए स्थानों पर कराई जाती है। पुणे, मुंबई, दिल्ली, सांगली, कोपरगाँव, बार्शी, सातारा, जलगाँव, अहमदाबाद, कोल्हापुर, नासिक, अहमदनगर, औरंगाबाद, सूरत, बरोड़ा, बारामती, मालेगाँव, नागपुर, हैदराबाद, भोपाल, रायपूर, चेन्नई।

इस महाआसमानी शिविर में भाग लेकर आप अपनी सत्य की खोज पूर्ण कर सकते हैं। इस शिविर के लिए भोजन और रहने की व्यवस्था की जाती है।

यदि आपको कोई शारीरिक बीमारी है और आप नियमित रूप से उसके लिए दवाई ले रहे हों तो कृपया अपनी दवाइयाँ साथ में लेकर आएँ। वातावरण अनुसार गर्म कपड़े, स्वेटर, कंबल आदि भी लाएँ।

महाआसमानी शिविर में भाग लेने के लिए संपर्क स्थान

पुणे सेंटर : विक्रांत कॉम्प्लेक्स, तपोवन मंदिर के नज़दीक, पिंपरी, पुणे-411 017।

आगामी महाआसमानी शिविर में अपना स्थान आरक्षित करने के लिए संपर्क करें :

020-67097700/ 09921008060/75, 9011013208

महाआसमानी शिविर स्थान

महाआसमानी महानिवासी शिविर 'मनन आश्रम' पर आयोजित किया जाता है। यह आश्रम पुणे शहर के बाहरी क्षेत्र में पहाड़ों और निसर्ग के असीम सौंदर्य के बीच बसा हुआ है। इस आश्रम में पुरुषों और महिलाओं के लिए अलग-अलग, कुल मिलाकर 600 लोगों के रहने की व्यवस्था है। यह आश्रम पुणे शहर से 17 किलो मीटर की दूरी पर है। हवाई अड्डा, हाइवे और रेल्वे से पुणे आसानी से आ-जा सकते हैं।

मनन आश्रम, पुणे, सर्वे नं. 43, सनस नगर, नांदोशी गाँव, किरकट वाडी फाटा, तहसील - हवेली, जिला : पुणे - 411024।

फोन : 09921008060

तेजज्ञान ग्लोबल फ़ाउण्डेशन द्वारा प्रकाशित पुस्तकें

विचार नियम

द पॉवर ऑफ़ हैपी थॉट्स

Also available in English, Marathi, Gujarati & Oriya

हर इंसान जीवन में सफल होना चाहता है लेकिन बड़ा सवाल यह है कि इस दिशा में उसका प्रयास सफल कैसे हो? यहाँ पर एक महत्त्वपूर्ण बात समझनी है कि 'समस्या बाहर नहीं, इंसान के मस्तिष्क में जीती है इसलिए उसका समाधान भी वहीं है।' विचारों के इस आयाम को समझने के बाद जीवन महाजीवन बन जाता है।

दिव्य विचारों के विकास की इसी प्रक्रिया पर प्रकाश डालती है तेजज्ञान ग्लोबल फ़ाउण्डेशन द्वारा प्रकाशित सरश्री की पुस्तक **'विचार नियम – द पॉवर ऑफ़ हैपी थॉट्स।'** यदि आपमें आस्था, आशा और इस पुस्तक का ज्ञान है तो एक चमकदार जीवन का चमत्कार वाक़ई संभव है।

यह पुस्तक अनेक भ्रमों को तोड़कर एक महान रहस्य उजागर करती है कि - आपके जीवन की लगाम किसी और के हाथ में नहीं बल्कि आपके विचारों के हाथ में है। आपके अपने विचार ही आपके जीवन की दिशा और दशा निर्धारित करते हैं। आपके जीवन में जो भी आ रहा है, वह विचार नियम अनुसार ही आ रहा है और आप जो पाना चाहते हैं, वह भी विचार नियम से पा सकते हैं।

दो खण्डों में विभक्त इस पुस्तक के पहले खण्ड 'विचार सूत्र' में बड़ी ही सरल और सहज भाषा में ऐसे 7 महत्त्वपूर्ण विचार सूत्र दिए गए हैं, जिन्हें समझकर और जीवन में उतारकर आप सकारात्मक नज़रिया, लंबा-स्वस्थ जीवन, शुभचिंतक, सौहार्दपूर्ण मधुर रिश्ते, अच्छी नौकरी, करियर, उच्च शिक्षा, अच्छा जीवनसाथी, सुख, समृद्धि, प्रेम, आनंद, सफलता और मानव जीवन का उच्चतम लक्ष्य भी पा सकते हैं।

पुस्तक के दूसरे खण्ड 'मौन मंत्र' में सात मौन मंत्र संकलित हैं, जो आपको शरीर, बुद्धि और विचारों से भी परे के क्षेत्र 'मौन' में ले जाते हैं, जहाँ आप हर विचार से मुक्त होकर निर्विचार अवस्था (मौन) प्राप्त करते हैं। फिर आप वही बनकर जीते हैं, जो आप वास्तव में हैं (स्वबोध अवस्था)।

संपूर्ण विकास के लिए पढ़ें

Also available in Marathi & English

संपूर्ण सफलता का लक्ष्य – संपूर्ण इंसान कैसे बनें

इस पुस्तक से मूल सफलता के सत्रह रहस्य, मौलिक सफलता के पाँच रहस्य तथा महा सफलता के आठ कदम, जो मिलकर तीस संदेश बनते हैं, जानकर अपनी संपूर्ण सफलता का ऐलान करें। इन तीस संदेशों पर अमल की आदत आपको सफलता के नए शिखर पर पहुँचा देगी, जहाँ पर होती है 'संपूर्ण लक्ष्य की अपूर्व सफलता, महा सफलता।'

कुदरत के नियमों को समझने वाले संपूर्ण सफलता का लक्ष्य पाते हैं। यदि आप भी इस पुस्तक द्वारा कुदरत के नियमों, सफलता के रहस्यों और मन को ख़ाली समय में ख़ाली रखने की कला को सीख जाएँगे तो असफलता से मुक्ति का आनंद ले पाएँगे।

Also available in Marathi, English & Gujarati

संपूर्ण लक्ष्य – संपूर्ण विकास कैसे करें

अपने जीवन के हर पहलू का संपूर्ण विकास करना ही मानव जीवन का संपूर्ण लक्ष्य है। सरश्री द्वारा रचित यह पुस्तक इसी लक्ष्य को पूरा करने में आपकी मदद करेगी। इससे आप अपने शारीरिक, मानसिक, आर्थिक, सामाजिक और आध्यात्मिक पहलुओं के संपूर्ण विकास का मार्गदर्शन प्राप्त करेंगे। पुस्तक मुख्यत: 6 खण्डों में विभक्त है। प्रथम खण्ड विद्यार्थियों तथा सफलता चाहनेवाले लोगों के लिए प्रेरणा स्रोत है। अगले चार खण्डों में शारीरिक, मानसिक, आर्थिक, सामाजिक पहलुओं के विकास के बारे में विस्तार से प्रकाश डाला गया है। छठे खण्ड में संपूर्ण आध्यात्मिक विकास करने की कला को बहुत ही रोचक और सरल तरीके से समझाया गया है।

तेजज्ञान फ़ाउण्डेशन – संपर्क स्थान

पुणे (रजिस्टर्ड ऑफ़िस) : विक्रांत कॉम्प्लेक्स, तपोवन मंदिर के नजदीक, पिंपरी, पुणे-411 017. फ़ोन : 020-27411240, 27412576

मनन आश्रम : सर्वे नं. 43, सनस नगर, नांदोशी गांव, किरकट वाडी फाटा, तहसील - हवेली, जिला - पुणे - 411 024. फ़ोन : 09921008060

तेजज्ञान कार्यक्रम

- हर शनिवार शाम 6:30 से 7:00 जी जागरण चैनल पर प्रवचन
- हर रविवार शाम 8:10 से 8:30 संस्कार चैनल पर प्रवचन
- हर मंगलवार सुबह 9:15 रेडियो विविध भारती, एफ़. एम. पुणे पर प्रवचन
- शुक्रवार, शनिवार, रविवार सुबह 9:15 पर 'तेजविकास मंत्र' रेडियो विविध भारती, एफ. एम. पुणे
- हर शनिवार सुबह 8:55 रेडियो एम. डब्ल्यू. पुणे, तेजज्ञान इनर पीस ऐंड ब्यूटी कार्यक्रम

नोट : *उपरोक्त कार्यक्रमों के समय बदल सकते हैं इसलिए समय की पुष्टि करें।*

पुस्तकों से संबंधित अधिक जानकारी के लिए संपर्क करें

09011013210 / 09623457873

Online Shopping cart available. Visit us today : www.tgfonlinestore.com

---

तेजज्ञान इंटरनेट रेडियो

- 24 घंटे और 365 दिन सरश्री के प्रवचन और भजनों का लाभ लें, तेजज्ञान इंटरनेट रेडियो द्वारा। देखें लिंक - http://www.tejgyan.org/internetradio.aspx

---

e-book : 'The Source', 'Complete Meditation', 'Self Encounter', 'Inner Magic', 'Beyond Life', 'Ultimate Purpose of Life', 'The Five Supreme Secrets of Life' & 'Tumhe Jo Lage Accha Wahi Meri Iccha' ebooks available on Kindle

Free apps : U R Meditation in Hindi and English & Tejgyan Internet Radio on all platforms like Android, iPhone, iPad and Amazon

e-magazine : 'Yogya Aarogya' & 'Drushtilakshya'(Marathi) emagazines available on www.magzter.com

e-mail : mail@tejgyan.com

website : www.tejgyan.org, www.happythoughts.in

पुस्तकें प्राप्त करने के लिए नीचे दिए गए पते पर मनीऑर्डर द्वारा पुस्तक का मूल्य भेज सकते हैं। पुस्तकें रजिस्टर्ड, कुरियर अथवा वी.पी.पी. द्वारा भेजी जाती हैं। इसके लिए नीचे दिए गए पते पर संपर्क करें।

तेजज्ञान ग्लोबल फ़ाउण्डेशन, पिंपरी कॉलनी, पोस्ट ऑफ़िस बॉक्स 25, पिंपरी - पुणे - 411017 (महाराष्ट्र) मो.: 09011013210.

आप ऑन-लाइन शॉपिंग द्वारा भी पुस्तकों का ऑर्डर दे सकते हैं। लॉग इन करें - www.tgfonlinestore.com **पुस्तकें मँगवाने पर डाक-व्यय की छूट है और 4 से अधिक पुस्तकें मँगवाने पर डाक-व्यय के साथ 10% की भी छूट है।**

विश्व शांति के लिए लाखों लोग प्रतिदिन सुबह और रात 9:09 मिनट पर प्रार्थना करते हैं। कृपया आप भी इसमें शामिल हो जाएँ।